The Mad Scientists' Club

瘋狂科學俱樂部

草莓湖水怪

文——柏全德・布林立｜Bertrand R. Brinley｜
圖——查爾斯・吉爾｜Charles Geer｜
譯——蔡青恩

費迪・摩頓

超級貪吃鬼。和亨利一樣，都熱愛思考，但思考的內容多半是食物。正值青春變聲期，低吼聲超恐佈，曾因假裝怪獸和惡鬼的淒厲叫聲，為俱樂部漂亮達成任務。

傑夫・克羅克

俱樂部主席，喜歡戴棒球帽。據說他之所以能當上主席，是因為俱樂部的實驗室，其實就是他老爸的穀倉。不過他的確很有領導天份，能規劃和指揮整個俱樂部的行動。

查理・芬考迪克

書中的第一人稱敘述者。話似乎不多，多半是有疑慮的時候才會開口問。很會賴床，最怕的事情是，媽媽拿著長柄刷把他刷起床。

亨利・摩里根

俱樂部的靈魂人物，唯一戴眼鏡的男生，也是副主席。是個熱愛思考，滿腦怪點子的鬼才。招牌動作是手摸著下巴，眼睛往天花板看。俱樂部碰到的任何疑難雜症，只要經過他這麼一想，保證迎刃而解，萬事 OK 啦！

瘋狂科學俱樂部

七個狡黠聰明、超愛惡作劇的男孩所組成的搗蛋探險隊。擁有一個可以大聲臭屁、激盪創意點子的秘密基地，一間五金行樓上、有超炫機關的實驗室，還有一堆人家廢棄不要的道具……由此展開一連串驚心動魄、刺激精采的大冒險，把原本寧靜的小鎮搞得天翻地覆、雞飛狗跳……

莫泰蓁・達倫坡

電機天才。最喜歡戴一頂帽緣上翻的圓盤帽。聰明、冷靜，很少大驚小怪；喜歡挖苦人，也常沒頭沒腦說出讓人發笑的話。

丁奇・卜瑞

俱樂部中個子最瘦小的。雖貌不驚人，卻是所向無敵的鑽洞高手；爬竿速度超快，還超會使用刀子解決各種問題。少了他，俱樂部很多任務還真無法完成呢！

荷馬・斯諾格

無線電火腿族。是俱樂部中唯一頭髮有型服貼的男生。老爸開五金行，一天到晚偷店裡的東西給俱樂部用，五金行的樓上也因此成為俱樂部的秘密基地。

推薦文

開啟無窮維度極限空間的想像

林宣安（臺中市立長億高中理化教師）

如果影像可以讓你感受到3D或4D的震撼，那文字就是一個無窮維度的極限空間！

【瘋狂科學俱樂部】就是一系列會讓你沉浸在這無限想像世界的冒險小說。我姑且稱它們為「小說」而不是「科普叢書」，因為故事內容實在太引人入勝，讓你不知不覺便跟著傑夫和亨利一起上山下海冒險。過程中為了解決遇到的問題，幾個大男孩發揮各自的專長和創意，每每逢凶化吉，卻又蘊含許多科學知識，就像亨利利用身邊的東西組合了一台紅外線探測器，成功探索了大砲內部的情況，對我們這種科學迷來說，這就像當年的馬蓋先一樣神奇，卻又多了一些趣味和年輕人胡搞瞎搞的小樂趣。

科學之所以偉大，不是它有多難或理工科入學分數有多高，而是其應用徹底改變了人類的生活方式和習慣。但許多人在求學過程中對科學和數學望之卻步，可能就是無法體會出科學在生活中的價值。當學了一門無法應用的學科，相信很多人都會覺得無趣吧，但學校教育因為許多舊有體制的禁錮，很難在短時間讓學生對這些學科有更多的應用機會，而大量閱讀也許就提供了另一個抒發的管道。

閱讀和影像是完全不同的學習模式，文字進入腦袋中需要更多的轉化和想像，相同的文字進入不同的人心中也會有不同的發酵。就像每個人看到的都是不同的彩虹，一本有意義的書對不同的人會有不同的啟發。【瘋狂科學俱樂部】對我這個科學狂熱者來說，看到的是他們的創意工具和解決問題的方式，但有人也許是因為這群好朋友的友情而動容，有人對冒險情節感到驚心動魄，有人則在其中找回青春的感覺，這些都是這套書的文字所產生的魅力。

透過影像學習或許已成了這個世代的新模式，因為這樣的學習方式可以更方便、更快速，更能符合目前社會的需求，卻少了一些自我轉化的過程，少了一些感動的歷程，少了一些想像的空間。因此在學習歷程中，不管科技如何發展、教育如何革新，閱讀絕對是不可或缺的一環，合適的讀本可以讓人願意重拾文字的樂趣，我想，【瘋狂科學俱樂部】做到了！

如果影像可以讓你感受到３Ｄ或４Ｄ的震撼，那文字就是一個無窮維度的極限空間！

推薦文

從趣味故事發展科學創意

曾振富（臺北市國小自然科學領域輔導團召集人、臺北市幸安國小校長）

由美國著名科普作家柏全德．布林立（Bertrand R. Brinley）撰寫、插畫家查爾斯．吉爾（Charles Geer）精心繪製線稿插圖的【瘋狂科學俱樂部】，初看就會陷入其生活探索與創意解決問題的故事之中。在《草莓湖水怪》、《飛碟魔幻獸》、《炸彈大開花》三部書中，不但能引發對故事發展的好奇心，更可以從中了解如何利用科學方法解決生活的問題。整個系列涵蓋科學知識、過程技能及科學態度的特點，值得推薦給喜歡故事與科學的青少年閱讀。

故事以七位瘋狂科學俱樂部的成員為主軸，透過解決生活創意問題，傳達自然科學的核心素養及學習重點（學習表現與學習內容），並且藉由故事情節發展，無形地嵌入到讀者心中。每本書所發展出來的內容，用孩子們最喜歡的故事型態呈現，頗能符合他們想聽故事與探究故事發展的動機與好奇心，也符合一〇八課程綱要的核心素養——能運用好奇心及想像能力，從觀察、閱讀、思考所得的資訊或數據中，提出適合科學探究的問題或解釋資料，並能依據已知的科學知識、科學概念及探索科學的方法去想像可能發生的事情，以及理解科學事實會有不同的論點、證據或解釋方式。隨著故事不斷在問題的出現與解決過程中發展出創意性的做法，也能引導學童在問題解決方面的學習表現。然而解決問題所應用的知識與原理，卻是整合跨科概念的學習內容，也頗符合課程綱要的跨科／跨領域科學認知。

整套書的故事在長毛象瀑布鎮發生，無論是草莓湖水怪的傑作、古宅煙囪的裝神弄鬼，或是探索紀念場的舊大砲，描述的筆法生動活潑，情節過程曲折有趣，解決方法創意十足，頗能引領讀者想進一步看下去的動機。而插畫家線條式的畫作，傳神地表達出故事情節，發揮了畫龍點睛的功效。

十分推薦給喜愛閱讀的孩子們，也鼓勵親子共讀，一起徜徉在科普閱讀的家庭時光。

推薦文

每個人都有一個瘋狂科學俱樂部

盧俊良（岳明國中小自然老師、FB粉專「阿魯米玩科學」版主）

很多年前，我還是個小男孩，沒有電腦、手機，更沒有網際網路，那樣的日子一定無聊死了……【瘋狂科學俱樂部】讓我想起我們在那個很「無聊」的日子裡都在做些什麼事。

社區裡有個很大的曬穀場，平時地主堆了一些建築用的板模，我們幾個小男生利用板模搭建了一個小屋，那是我們的秘密城堡，四周有很多縫隙可以觀察有沒有女生在窺探城堡。我們還搭建了一道斜坡，可以讓腳踏車騰空飛起，鄰居弟弟自告奮勇騎著他嶄新的越野腳踏車試飛，只見他在眾多朋友的加油聲中加速衝刺，瞬時拉起腳踏車把手，結果倒栽蔥摔個四腳朝天，哭著跑回家告狀。我們商量後，決定放棄繼續修建跑道的念頭，因為太蠢了……

還有啊，大花咸豐草開花的時候，忙碌的蜜蜂、翩翩飛舞的蝴蝶到處都看得到，我們拿著修紗窗剩下的細網製作捕蟲的小網子，空曠的樹林、田野都是我們抓蟲的好地方。抓到的蟲子放進用燒紅的鐵釘打洞的塑膠罐裡，再放些翠綠的葉子，就成了昆蟲飼養箱。飼養箱裡的蚱蜢、蝴蝶死掉了，我們還幫牠們做了小小的墳墓，用冰棒棍立了墓碑。但有個小弟弟竟趁我們回家吃午餐時，把每一個小小的墳墓踢壞，於是我們決定懲罰他，把狗屎埋在小蟲墳墓裡，那坨狗屎還是拉肚子稀泥狀的，只見他又調皮地踢著小蟲墳墓，大腳一踢，整隻拖鞋沾滿了狗大便，呵呵……這些四十多年前的記憶，隨著閱讀【瘋狂科學俱樂部】，慢慢喚醒了存在老男人心中的小男孩。

【瘋狂科學俱樂部】的故事主軸環繞著七個男孩，每個人都有自己的個性與專長，舉凡各式各樣光怪陸離的事，到了他們手上都成了冒險的題材，構成書中一篇篇充滿懸疑與趣味的故事。而其中蘊含了科學知識和科學原理，透過聰明狡黠、古靈精怪的男孩們動手完成每一個看似不可能的設計，讓人不由得佩服他們各司其職、合作無間，以及無限的創意與勇於冒險的精神。

想想，我們小時候一點都不無聊，因為無聊的事大概不會存放在記憶裡那麼久吧！快放下手機與遙控器，翻開【瘋狂科學俱樂部】閱讀，讓你受禁錮的內心也擁有一個「瘋狂科學俱樂部」、一個真正自由的心靈。

名家創意推薦

（依姓名筆畫排序）

陳乃綺（Penny 老師）（兒童實驗科學家）

【瘋狂科學俱樂部】巧妙地將科學知識與生活趣味融入故事情節中，讓我們在閱讀過程中，不僅能學習到科學知識，還能參與這些少年們一場場精采絕倫的冒險，讓人一讀就上癮。

主角們是一群充滿活力和創意的少年，他們不僅善用 STEAM 相關的技能，更透過彼此的專長和分工合作，完成了每一次的惡搞或冒險。這也讓讀者忍不住想，如果自己也是成員之一，該怎麼做能更好呢？這就是這系列故事讓人覺得趣味的地方。

讓我們一起加入瘋狂科學俱樂部，感受科學的樂趣和魅力吧！

陳瑜（「鏞鏞甫甫親子部落格」版主）

能跟著書中七位充滿智慧和創意的青春少年，一起展開驚心動魄的冒險之旅，簡直比搭雲霄飛車還刺激呢！看似愛作怪的青少年，是勇於挑戰的冒險者，說話極為風趣幽默，沒想到邏輯分析的功力一流，每次看到他們抽絲剝繭的一步步推演，就覺得精采無比！

人物設定鮮明，劇情充滿生氣，每一個場景的敘述都能帶給讀者無窮無盡的想像力。更棒的是，當我沉浸在這一連串追根究柢的探險之餘，還能獲得許多科學知識，讓人一翻開書就欲罷不能，連眼睛都捨不得眨一下啊！

楊宗榮（臺中市國小自然輔導團輔導員、臺中市翁子國小教務主任）

看到七個古靈精怪的少年，彷彿回憶起自己少年期的奇思妙想，一點風吹草動，就能和玩伴在腦海中編織出許多有趣的故事。不同的是，故事中的七個主角在瘋狂科學俱樂部中親自實現想法，隨著故事推進，我們能夠感受到他們的緊張、創意、興奮、意見分歧、合作，甚至沉浸其中，以第八位成員的身分

進入書裡，理解一連串傳說中的科學過程。或許，你也曾想過這些莫名其妙的鬼點子，現在就打開書，看看他們是怎麼做到的吧！

李偉文（親子作家）

【瘋狂科學俱樂部】就是在扣人心弦的故事裡，無形中傳達了一個非常重要的觀念——任何發明創造，需要許多不同個性與專長的人共同合作才能完成。……正因為這些不同的特質與專長，整個團隊才能夠順利完成許多挑戰或純粹好玩的惡作劇。這是一套非常好看的書，在快樂的閱讀中可以引起孩子學習科學的興趣。這股熱情，相信比多上幾十堂補習班的課程來得有價值多了！

張東君（科普作家）

【瘋狂科學俱樂部】中使用到的知識包括物理、化學、數學、生物、醫學、地質等等，追求的是科學性、邏輯性、推理性，培養的是意志力、思考力、創造力、想像力，此外，最重要的，還告訴我們交到一輩子的好朋友是何其有幸！這些因素，就讓這套書從令人拍案的經典青少年小說，化身為絕妙爆笑的科普書，歷久彌新。

曾志朗（中央研究院院士）

少年的生活經驗裡，其實是充滿了好奇與矛盾，很多大人的話相互衝突，朋友之間的故事也常常是前後不一致的。這些好奇與矛盾，可以是挫折的根源，但應用得當，則是啟動科學思維的最佳場景。我很喜歡這個系列，因為主題非常貼近少年的生活，故事的發展也永遠充滿求知尋解的樂趣。我好佩服作者的用心，他真是當代最懂得兒童心理的科普作家。

序

獻給永遠的瘋狂科學俱樂部

莎莉丹・布林立（作者柏全德・布林立的女兒）

【瘋狂科學俱樂部】這一系列少年科學探險故事，自出版以來受到無數廣大讀者的喜愛與歡迎，許多讀者不斷問我，父親是如何寫下這些精采的探險故事呢？在我的記憶中，父親一直是個說故事的高手。他說故事時的語調跟著角色千變萬化，總是能用戲劇般的感覺，掌握當時的氣氛，把每個故事講得活靈活現。我記得在一個萬聖節晚會，大約是五十年前，我們正要開始玩「蘋果缸」的遊戲，他便先在一片漆黑中講了一連串的鬼故事，讓整群孩子們聽得如癡如醉。另一個夏天，在炎熱的巴拿馬，我們準備要睡覺，他就講吸血鬼德古拉的故事，而那時，昏暗的天空正飛滿了蝙蝠。

父親出生於紐約州的哈德遜，那裡是殖民時期最西邊的一個捕鯨港，書中的長毛象瀑布鎮正是哈德遜的寫照。書中的許多地方，其實都是他成長中待過的處所。他在故事中描述最多的地方，應該是麻薩諸塞州的西紐貝力；那裡是他在經濟大衰退時住的地方，也是他完成高中學業的地方。這個小鎮提供了書上許多地名和人物的來源，像警察小隊長比利．道爾便是一例。另外還有一些人物，則是他從旅行和生活中的靈感創造出來的。

書中的主角亨利．摩里根——一個真正的瘋狂科學俱樂家，其實就是父親自己的縮影；傑夫．克羅克則表現了父親理智分析和勇於負責的那一面。哈蒙．摩頓是個如影隨形的掃把星，而我們不也都認識這種專門找碴、作對的人嗎？但是別忘了，哈蒙可是個絕頂聰明的傢伙，他絕對不是個普通的丑角，更不是永遠的輸家，這個角色就是這樣才引人入勝。另一方面，斯桂格鎮長應該就是大家印象中標準的政治人物了。他和我們每晚在電視節目上看到的政治人物有任何差別嗎？離〈草莓湖水怪〉完稿已有四十年，這期間政治人物有一點改變嗎？

〈草莓湖水怪〉故事的出現，其實源自於有名的尼斯湖水怪傳聞；而其他故事的起源，也分別受到各式各樣的事物影響。〈煙囪裡的怪聲〉講的是在老屋子裡扮鬼，這大概是所有人在年少時期都想玩的把戲；〈暗夜搜救〉則把大家熟悉的基本搜索技巧，像是羅盤和三角測量，真實地帶入尋找人事的故事裡。

每一篇【瘋狂科學俱樂部】的故事，都是那麼的獨一無二，它們從父親自由不羈的想像力及成長的生活經驗裡汩汩流出。父親下筆時，心中沒有任何公式，故事順序的發展、情節的轉折、結局的安排，每一次都是苦心思索才得到的結果。父親寫這些故事，是獻給你、我，以及永遠存在他心中的那個瘋狂科學少年。

二〇〇一年，寫於維吉尼亞州阿靈頓市

瘋狂科學俱樂部

草莓湖水怪

目錄

瘋狂科學俱樂部 1
草莓湖水怪

—推薦文—

開啟無窮維度極限空間的想像　林宣安……4

從趣味故事發展科學創意　曾振富……7

每個人都有一個瘋狂科學俱樂部　盧俊良……9

名家創意推薦……12

—序—

獻給永遠的瘋狂科學俱樂部　莎莉丹・布林立……16

草莓湖水怪……22
超級巨蛋……46
舊砲的秘密……86
離奇的空中飛人……134
氣球大賽……166
煙囪裡的怪聲……208
暗夜搜救……234

草莓湖水怪

草莓湖裡有隻大水怪？這整件事情要從有一天丁奇．卜瑞太晚回家說起。這件事開始時並不是丁奇存心要捏造出來的，他只不過是玩過了頭，趕不及回家吃飯，只好隨便編了一個藉口。他告訴家人說，他去湖邊時，隱約看到一隻長相超奇特的怪物，就忍不住想要去瞧個清楚，結果一跑跑太遠了；等他想起該回家時，早已錯過吃飯時間了。

丁奇的父母聽了他的解釋，當然不會完全相信，但他的兩個姐妹聽了，卻百分之百的信以為真。透過她們兩人的大嘴巴，這件事很快就傳揚了出去。從那時起，便有一堆人整天纏著丁奇，要他描述怪物的模樣。丁奇實在是不得已，只好又編出一套天花亂墜的故事來唬大家。唉！這就是人說謊的最大後遺症——你得再說更多的謊話，才能圓得了最初那個謊！

沒多久，整個城裡的人都知道了水怪這件事，丁奇頓時成了長毛象瀑布鎮的大名人。他的大頭照不但上了報紙，連水怪的想像圖也都登上了新聞。那圖上的怪物，長相有夠猙獰，看起來有點像侏儸紀時代的恐龍，鋸齒狀的背脊上還長了像中國龍的鱗片哩！丁奇的想像力一向很豐富，他把水怪的特徵仔仔細細形容給來採訪的畫家聽，於是就出現了這麼一張簡直像真的一樣的怪獸圖。

也就是這張圖片，激起了亨利．摩里根的好奇心。亨利是我們「瘋狂科學俱樂部」的副主席，也是我們研究小組的負責人，他滿腦子的鬼靈精怪。亨利和俱樂部裡的每個人一樣，都不相信丁奇真的看到了什麼水怪，但我們卻非常樂意藉他這個小謊在鎮上大鬧一番——特別是在聽到亨利的提議後。亨利建議，我們不妨做隻和報上一模一樣的怪物來玩玩。

「做一隻怪物？」費迪．摩頓那張圓臉上的雙眼頓時亮了起來。他也喜歡這個主意，不過卻無法想像要怎麼進行。他搓著他的朝天鼻（他那塌鼻子似乎永遠都在癢），認真地問：「你是說，做一隻真的會游泳的水怪嗎？」

「拜託！你別傻了！」丁奇罵他。

「我才不傻哩！有誰聽過不會游泳的水怪嗎？」費迪回嘴說。

亨利打斷了他們的對話：「我們做一隻會浮在水面上的怪物就好了。」他一邊摸著下巴，一邊瞧著實驗室頂上的大樑，這是他思考事情時的一貫表情。「我們只需要弄來一些帆布和細鐵絲，再跟傑夫．克羅克借他家的小船就夠了。」他說。

傑夫．克羅克正是我們俱樂部的主席。他能當上主席，有一大半原因是因為實驗室的房子其實是就是他爸的穀倉。不過他當然也很聰明，而且比亨利來得更深思熟慮一點。我們平常胡搞瞎搞的事大多是亨利想出來的，但真要說到進行計畫、解決我們惹出來的麻煩，都還是得靠傑夫的指揮。

這回亨利的計畫倒是個不錯的點子，我們決定開會來表決做或不做。結果一如預料，全體贊成這個計畫。就在三天之後，這個怪物便已接近完工了。開始時我們也沒想到要給它取什麼名字，有人說就叫它「水怪」，有人覺得叫

「大湖龍」更酷；但最後，我們還是決定用「怪獸」來稱呼它。

我們製作這隻怪獸的地點，遠在湖的另一頭，是隱蔽在泥濘沼澤中的一小片乾地，大概不會有別人知道要怎麼走過去。亨利和傑夫一同設計出怪獸的模樣，骨架是由細木條構成，形狀則像是一隻巨大的蜥蜴。我們把骨架雛型固定在小船兩邊的甲板，再把鐵絲網綁在骨架上，然後鋪上帆布，這時看起來就很像隻大怪獸了。接著我們在帆布上著色，先把顏料塗上去，又用亮光漆四處噴出斑點。沒多久，一隻模樣可怕、令人噁心的怪獸就出現了。它的樣子，保證讓幾十公尺外的人看到也會嚇得屁滾尿流！

亨利想出自製怪獸這個點子後，又不斷想出一堆天馬行空的怪主意兒，幸好有傑夫在一旁努力把他拉回現實，我們才沒弄出一隻沒人會相信的四不像。但傑夫倒是答應讓亨利幫怪獸裝上一對會閃爍的眼睛——說穿了，也不過是裝了紅色鏡片的手電筒而已。亨利加了個開關在小船上，讓那對「眼睛」可以做出眨眼的效果。我們躲在沼澤中練習了兩天，覺得已經有把握到湖中間操作看看了。怪獸比水面高出一公尺多，正好夠我們四個人坐在裡面划槳操舵，我們迫不及待要來一次試航。

就在我們忙著製作怪獸的同時，整個小鎮還是沸沸揚揚地處在一片「水怪熱」中。大家都為了草莓湖裡是不是真的有水怪而興奮不已，城市裡的大報也派出記者來訪問丁奇。當鎮上的人聽說城市的記者來了，好多人也跟著說他們曾在湖邊看過怪東西。總之，就是人人都希望跟這件事沾上一點兒邊。沒多久，全鎮的人幾乎都自動前來提供情報了。黛芬．摩頓的照片還登上了報紙頭版，其實她壓根兒沒見過水怪，只不過是因為長得漂亮就上報了！黛芬就是塌鼻子費迪的堂姊，她的弟弟哈蒙也曾經是我們俱樂部的一員，但後來因為表現太差又洩漏機密，被我們逐出俱樂部。

我們還在一個禮拜六的晚上做怪獸的處女航，那是整個禮拜中遊客最多的一天。我們已經想好怪獸出現的最好時機，應該是天色將要變暗時，因為那時的遊湖船較少，人們視線也會比較差。草莓湖的這一頭遍佈小島和泥沼，正好提供一個絕佳的環境讓怪獸忽隱忽現。我們可以把它拉出來，現身在水面上，在人們來不及反應之前，又迅速躲回草叢中。

俱樂部裡另外一個聰明鬼荷馬・斯諾格，他家正好有一棟湖邊度假小屋，他答應要坐在陽台替我們觀察岸上的情況。傑夫和我坐在小船中間負責划槳；電機天才莫泰蒙・達倫坡負責掌舵；亨利則坐在船首，從我們挖的兩個眼洞觀察外面。

「湖邊有很多人嗎？」傑夫問。

「呵呵呵！人山人海呢！」亨利答道：「天還蠻亮的。雖然視線不錯，但應該還沒有人看到我們。」

怪獸的裡面一片漆黑，還飄散著油漆的臭味和帆布的霉味，坐在裡面跟走進主題樂園的鬼洞沒啥兩樣。就當亨利說到外面有很多人時，我卻不知怎麼搞的，渾身不自在了起來；那感覺好像是你知道有一堆人在看你，你卻無論如何都不想和他們眼神接觸。我突然又覺得好像有東西卡在喉嚨，過沒幾秒，我就再也忍不住地笑了出來。傑夫叫我要安靜一點，不然一切可能被我搞砸；但我猜他自己其實也想笑，他怕我這樣會害他也笑個不停。

「鎮定一點！」莫泰蒙平靜的聲音從我背後的黑暗中傳來。他永遠都是這個樣子，十分冷靜，從來不會大驚小怪。「我們離岸邊還有八百公尺，除非我們真的太吵，否則岸上的人根本不可能聽到我們的聲音的。」他說。

突然，亨利整個人跳了起來，還不小心撞到了怪獸的木頭骨架，害得整隻船都在晃。「岸上的人看到我們了！」他興奮地不停大叫：「有人看到了！有人看到了！」

「真的嗎？你怎麼知道的？」傑夫壓低了聲音問。

「因為突然有一群人都往碼頭跑，指著我們的方向跳來跳去，還揮手尖叫呢！」亨利答說。沒錯，現在我們都聽到人群的聲音了，其中一些女生的尖叫聲還真可怕咧！

「呀呼！我們就來用力搖一搖吧！」莫泰蒙的聲音也大了起來，他露出難得的興奮表情說：「來吧！該我們上場表演囉！」

「可是，我現在什麼都看不到呀！」亨利焦急地說：「我的眼鏡起霧了。」

莫泰蒙已經開始用力搖晃船身，甩動怪獸的尾巴。一片黑暗中，我隱約聽到亨利在前面動來動去的聲音。突然間，我身旁響起一陣啪啦啪啦的水聲，緊接著我的槳撞到一個巨大的東西，並且被緊緊地抓住。水面又冒出呼嚕呼嚕的聲音，我的槳幾乎快被搶走了。我的身體隨著船身劇烈搖動著，我開始覺得害怕，終於忍不住朝著傑夫大聲呼救。

「我們是不是碰到真正的水怪了？」莫泰蒙竊笑著問。

「閉嘴！別再搖了！」傑夫大喊，接著轉頭問：「亨利跑到哪裡去了？」

他話才說完，亨利的頭就突然從我旁邊冒出，一隻手還抓著甲板。「咯！」他吐了一口水，說：「我的眼鏡——不見了。」

莫泰蒙終於停止搖晃。船身靜止了，我們便合力把亨利拉上來。

「趕快去前面看看我們現在在哪兒。」傑夫示意要我過去，他又說：「我們要趕快在人家開汽艇來追我們之前逃走。亨利，換你來划槳！還有，你剛剛跑到水裡幹嘛？」

亨利被水嗆到了，根本無法回答。我們拼了命地把怪獸划回沼澤區，把它停靠在當初建造它的那片乾地上，旁邊的灌叢成了最好的遮蔽。

我們回到鎮上，一起去「馬汀冰店」喝杯飲料，順便和荷馬碰頭，了解岸

上的狀況。這時全鎮早已沸騰起來，整個冰店裡的人都在談論水怪這件事，也有不少人直到現在才真正相信丁奇的話。為了怕別人聽到我們的談話，我們找了最靠角落的一個包廂坐下來。怪獸的處女航顯然是一次相當成功的演出；荷馬說，有一次怪獸要大轉身時，岸上所有的女生都嚇得驚聲尖叫。在他要離開湖邊時，州警剛好也來了。他們拿著手電筒掃視湖邊，可是一無所獲。

接下來的一個星期，我們又把怪獸划出來幾次，大家也操作得越來越熟練了。全鎮的水怪熱已經一發不可收拾，報社懸賞一百塊美金徵求水怪的照片，四面八方的人開始湧入鎮上，也想一睹水怪的真面目。湖邊度假小屋的房價漲了好幾倍，仍然供不應求；許多本地人乾脆空出他們的湖邊房子，租給觀光客。沿湖的店家各個生意興隆，餐廳也是高朋滿座。鎮上唯一像樣的旅館，根本無法滿足蜂湧而至的客人。荷馬開五金行的父親說，他一輩子也沒見過長毛象瀑布鎮像現在這麼熱鬧。

然而，我們也馬上發現，我們已經騎虎難下了。如今鎮上百業興旺，人人愉快，我們哪敢中斷怪獸的表演呢？可是，我們已經對這齣戲碼感到疲乏了！

更糟的事還在後頭。有一天，剛吃過午飯，荷馬匆匆忙忙跑到我家來。

「你猜發生什麼事了？」荷馬問我。

「什麼事啊？」我反問他。

「先報暗語！」荷馬說。

「剝皮剝皮皮皮剉！」我答道。

「以下訊息乃是最高機密，」荷馬神秘兮兮地說：「你要發誓，決不告訴瘋狂科學俱樂部以外的任何一個人！」

「我發誓！」

荷馬終於告訴了我，他在神秘些什麼。他說，哈蒙・摩頓帶了兩個人到他父親的店裡，指名要買大型獵槍的彈藥。荷馬的爸爸雖然沒在賣那種東西，但是告訴他們在芝加哥就訂購得到。那兩個人都是外地人，他們說哈蒙答應要帶他們去一個小島，讓他們可以就近看到水怪。他們離開哈蒙父親的店後，應該就出發去芝加哥買彈藥了。

聽到這個消息後，我們趕快開了一個緊急會議，地點就在傑夫家的穀倉。

多數人都覺得不能再冒著生命危險把怪獸划出去，萬一被大獵槍射穿腦袋怎麼辦；但是荷馬認為，這樣做有點對不起那些賺觀光客錢的店家。至於整件事的始作俑者丁奇，還是維持他一貫的做法，就是快上書向總統求援。

我們還在爭論不休時，鬼才亨利突然開始摸著他的下巴，往天花板看。每次他出現這個動作，我們便會停下當時的討論，靜待他發言。一陣沉默後，亨利低下頭，雙眼瞪著傑夫。

「你爸爸是不是有一個可以裝在船上的發動機？」亨利問。

「沒錯，」傑夫答道：「我們在淺水區釣魚時，都是用那台發動機。」

「在我印象中，那台機器好像相當安靜。」

「是啊，從來沒嚇跑過半隻魚！」

「太好了，」亨利大聲說：「如果荷馬能從他爸那裡弄到一些器材，再加上我們實驗室的設備，我們就可以把發動機改成用無線電來遙控。然後我們只需到北邊的山丘找個夠好的發射點，就可以遠遠指揮怪獸行動了。」

「到那時，隨便那些外地獵人怎麼掃射，頂多也只是在帆布上打一堆洞而

已！」莫泰蒙拍手叫好。

「哼！我想那會氣壞了哈蒙這個叛徒！」丁奇道。

我們花了大約一個禮拜的時間，把俱樂部裡的所有無線電裝備都弄到小船上，讓那台發動機可以完全靠遙控來加速、減速、轉彎和停止。我們利用回到沼澤這頭的一小段路，做了幾次測試，效果都很好。這次傑夫倒是答應讓亨利多加一點特效。亨利裝了個唧筒，讓怪獸的鼻孔可以噴出水柱，他接著又把腦筋動到費迪頭上。正在變聲的費迪，低吼起來非常可怕，亨利乾脆裝個擴音器在怪獸身上，打算讓費迪在我們遙控處用麥克風吼叫個幾聲。

全自動怪獸的第一次出航，果然引起極大的轟動。荷馬、丁奇和我並沒有看到太多實況，因為我們要負責把怪獸放到隱密的藏身處，還要負責啟動那台發動機。我們用對講機通知傑夫，他再從山丘的樹林裡指揮一切。亨利和莫泰蒙負責操作遙控，控制怪獸行進、眨眼和噴鼻水。費迪負責製造怪獸的叫聲，只要傑夫拍他肩膀，他就低吼幾聲。至於傑夫，從頭到尾都用著望遠鏡觀察怪獸的行動。

怪獸現在行進的速度快多了，而且還會吼叫。每次只要費迪一吼，低沉的聲音就在山谷迴蕩，總會引起岸邊的人一陣驚恐慌亂。我們要在天完全黑之前，讓怪獸回到躲避處；但就在經過寬廣湖面的最後一個小島時，驚險的事發生了：有四、五發子彈朝著怪獸射出！傑夫說，他清楚看到子彈擦過湖面濺起的水花。還好怪獸沒有受到影響，繼續向前行，回到了沼澤灌叢中；這一定讓哈蒙那些獵人朋友大失所望吧！

第二天，全國的報紙都刊載了這件事。他們訪問的目擊者說，水怪已經被惹毛了，它游得比以前更快，又不時狂舞亂叫。而一位紐約科學家則推測，現在也許是水怪的交配季節；果真如此，那水怪起碼就有兩隻。於是，三天之內，上百位來自各媒體的記者統統跑到長毛象瀑布鎮來。攝影師們成排等在湖邊，有的連探照燈都準備好了，只等天色昏暗、水怪出來時就可派上用場。

我們把怪獸藏起來幾天，利用這個時間和記者、攝影師們打交道，好知道他們接下來打算怎麼做。這些辛苦的新聞人員，不是搭帳棚睡在湖邊，就是睡在自己的車裡，因為鎮上早就沒有多餘的房間可以出租了。我們也趁此機會賺點小錢，擺了一個小吃攤在他們最集中的地方，好替俱樂部存一點本。鎮上一支五元的熱狗，到了湖邊可以賣到十元，不過那可是我們小心翼翼從馬汀冰店全程保溫送來的。在這裡可以賣的東西還不只是食物，費迪兩塊美金買來的二手望遠鏡，居然可以用五塊美金賣出；亨利拿著他爸爸的刮鬍膏，也換到了底片和閃光燈泡。我們另外拜託丁奇的媽媽做一些蛋糕和餅乾來賣，結果沒想到這竟是我們賺得最少的東西。因為，只要點心一出爐，就幾乎快被丁奇和費迪吃光。他們兩個也喝掉太多我們要賣的飲料，所以小吃攤開張一天後，傑夫就再也不准他們顧店了。

這個時候，當初那兩個帶槍的獵人待過的小島，也已經有幾個記者在上面紮營了。他們不只找好了位置，還租了幾艘大馬力的汽艇，準備隨時拍下水怪的近照。此外，也有越來越多的人整天繞著湖邊走，想辦法要靠近沼澤那邊。情勢演變成這樣，我們決定把怪獸從現在的躲藏處搬走。

我們在沼澤東邊三公里半處，找到了一個佈滿礁石和小島的岩洞。等到夜深人靜、探照燈熄滅時，我們才悄悄把怪獸拖過去。就在黎明來臨前，我們讓它在新地點小露了一下，驚醒了湖邊所有的人！有些大清早就起來觀察的人先發現怪獸，他們的喊叫聲吵醒了紮營在島上的記者，可是因為怪獸不是出現在他們預期的地方，所以等記者調整好汽艇的方向時，我們早就把怪獸弄回岩洞，安安穩穩地隱藏在礁石後面了。

這下子有更多不同的說法出現了。許多人開始相信那個紐約教授說的話，什麼水怪可能有兩隻以上等等。但我們知道，我們現在就像在走鋼索一樣，隨時可能跌個大跤。不只是有越來越多的人二十四小時在觀察，許多的研究單位也派出整隊的科學家來調查，我們還能將這齣戲演多久呢？即使多數人因為害怕而不敢開船到湖上，但是湖上反而增加了固定出航的巡邏艇，而且連直昇機都開始每天出動了。

我們慎重開會來討論未來的發展。丁奇說，林肯總統有句名言，就是你不可能永遠欺騙所有人。所以他覺得我們應該見好就收，還可以拍張照片送到報社，賺那一百塊錢獎金。但是亨利卻引用另一個政治家柏南的話，他說林肯的觀點錯了，很多政治家都覺得可以永遠欺騙人。荷馬也是比較傾向我們能拖多久就拖多久，不過他是比較為整個長毛象瀑布鎮著想；我們這兒一向是個窮鄉僻壤，難得大家有機會發點小財，他並不希望這一切馬上結束。但是莫泰蒙、傑夫和我，已經開始想找鎮長說明真相了。我們的鎮長斯桂格先生，非常擔心草莓湖的游泳和行船安全，他認為水怪已經威脅到這些活動的進行。再說，哈蒙．摩頓那小子也變得越來越精明，他遲早會拆穿這一切。這一陣子，我老是看到他鬼鬼祟祟出現在實驗室附近，不然就是想要跟蹤我們。哈蒙是真有兩把刷子的，他還待在瘋狂科學俱樂部時，就是我們的無線電專家。我們現在玩的把戲，他很快就會發現的。

我們開會時，一直不見費迪蹤影，此刻才突然看到他氣喘吁吁地跑來。

「糟糕了！哈蒙已經發現我們的秘密了！」他上氣不接下氣地說。

所有人頓時跳起來問他是怎麼一回事，你一言我一語的，搞得費迪什麼事也說不清。傑夫命令大家坐好，才終於讓他可以講清楚事情始末。他說，哈蒙可能是某個清早在玩業餘無線電時，剛巧收到費迪的低吼。他認出那個聲音就是水怪的叫聲，他當然想得到，水怪的聲音一定是透過麥克風傳出來的。

「我真是蠢斃了！」莫泰蒙猛敲自己的腦袋說：「我們把哈蒙逐出俱樂部時，就應該要換個頻率使用，為什麼之前會沒想到呢？」

費迪繼續告訴我們後來發生的事。他說哈蒙跑去找鎮上一家報社的記者，說了他的猜測，希望能得到他們懸賞的獎金。報社的主編則覺得要有更多證據才能刊出，但也決定要馬上進行調查。因為費迪的爸爸正好在報社的排版室做事，他才會得知這些狀況。

事情演變成這樣，我們馬上有了新的決定。莫泰蒙跟一個叫巴第·史都華的外地記者混得很熟，他是替大報《克里夫蘭新聞》寫稿的。我們協議讓他取得水怪完整的獨家照片，而他要負責向報館要到最先進的無線電設備送給我們。我們達成協議後，便告訴他一切真相，然後一起擬定接下來的行動計畫。

第二天一大清早，我們把怪獸拖出岩洞，讓史都華先生拍幾張全身的照片。他當然也希望能拍到怪獸的招牌動作，所以我們打算那個晚上再讓它出航一次。我們深怕事情再拖下去，哈蒙便有足夠的時間找到我們的訊號發射處，要是他連小報的人都帶來就慘了。早上的拍攝結束後，史都華先生便去機場租直昇機，他打算要在天黑前飛過湖上。我們已經約好了，只要看到飛機出現，就把怪獸划出來。

當天晚上，我們全都提早就定位置，以免史都華先生沒把時間算準。經過一段漫長的等待，直昇機終於出現了，史都華先生坐在裡面還朝著我們揮手。一切準備就緒，我們的寶貝怪獸正式出航了！躲在岩洞內的我們雖然看不清外面發生的事，但是從人群的吶喊聲和直升機發出的噪音，都可以感覺到這是怪獸最成功的一次出巡。我們後來從別人的轉述和史都華先生的照片，總算知道了更多細節。

這一次，那些留守在小島上的記者果然做好了準備。怪獸一出現，三艘記者船便馬上發動，還有一大堆攝影器材牢牢地裝在船上，等著這些記者大顯身手。我們的行動還是由傑夫指揮，當記者船距離怪獸大約八百公尺時，傑夫下令要怪獸掉頭回到洞裡。然而，負責遙控的亨利一下子無法做出急轉彎的動作，角度差了一點點，結果怪獸沒有進到岩洞裡，卻往洞口前方小島的另一頭游去！這座岩石島最高的地方有三十公尺，當怪獸繞到島的後方時，亨利的遙控器根本起不了任何作用。怪獸就如脫韁野馬，自己漫游湖面！也不知怎麼搞的，怪獸亂繞了兩圈，又出現在大家眼前，然後就在眾人一片驚呼聲中，朝著記者的汽艇游過來。更令人不可置信的事還在後頭：怪獸突然卯足了勁，全速衝向那三艘小小汽艇，眼看它們之間的距離就不到四百公尺了！

船上的記者一直忙著指揮岸上的同事打光，並沒有注意到怪獸已經轉向。等他們赫然發現那眨著紅眼、噴著鼻水的怪獸就在眼前，頓時嚇到心臟都要跳出來了！三艘汽艇同時間掉頭往岸邊開，其中的一艘為了閃避鄰船，轉得太猛，結果船翻了，上面載的記者和器材也全成了落湯雞。還好那五個記者都會游泳，他們就游到最近的島上等待救援。

亨利和莫泰蒙早已急得像熱鍋上的螞蟻，猛按著遙控器上的搖桿和按鈕，但怪獸完全不理他倆的指揮。莫泰蒙突然恍然大悟叫道：「一定是哈蒙在搞鬼！他一定是找到我們的頻道，然後用更強的功率在遙控！怪獸被他弄得只會快速亂跑了。亨利，趕快把接收器關掉，快點快點！」

亨利趕緊按下緊急控制鈕，切斷怪獸體內接受器的主電源。怪獸終於聽話地慢下來，不過突然的速度變化讓它的頭快要掉到水裡去。這一切都發生的太突然，費迪已經興奮到極點，他忍不住對著麥克風大喊：「喝——哈——」那聲音簡直像來自發狂的大象。隨之而來的，便是岸邊人們驚惶的尖叫。

「現在打開備用接收器！」莫泰蒙指揮著，亨利立刻照做。還好當初莫泰蒙堅持要裝一個不同頻率的備用接收器，以免本來的裝置出狀況時會完全無法操作，如今真的派上用場。哈蒙大概想像不到我們還有這一招，看他有沒有辦法繼續玩弄下去！

現在的怪獸就像隻溫馴的小綿羊，乖乖地回到山洞家吃飯。岸上的探照燈終於亮了起來，可是，湖上也只剩下怪獸逐漸消失在黑暗中的尾巴。

我們和史都華先生約在馬汀冰店碰面，討論接下來要怎麼辦。怪獸消失在黑暗中後已經過兩個鐘頭了，廣播剛剛宣佈了鎮長的一些處置。鎮長已向州長請求海軍支援，看能不能用深水炸彈炸死水怪。那些落水的記者，則被警察救起，他們找到鎮長，向他痛罵水怪絕對是個會傷害鎮民的壞東西。

那個晚上，我們回到岩洞，把怪獸從傑夫的小船上拆下來，也把裝在怪獸身上所有的設備都拔掉。我們把它重新裝到人家棄置不要的木筏上，再將它拖到很遠很遠的地方固定住，確保岸邊的人只能隱約看到一點水怪的身影。我們給它戴上一串松果花環，亨利和莫泰蒙又塞了一些零件到怪獸裡面去。

第二天天一亮，我們就爬到過去我們遙控怪獸的山頂。已經有一些人在岸邊用望遠鏡觀察了，但沒有人敢開船下水。當太陽升過了湖東邊的小山頭，亨利按下手中的按鈕，一道濃煙霎時冒出，水怪爆炸了！即使爆炸遠在湖的另一頭，我們仍可以看到火花飛濺了十公尺高，還有陣陣黑煙直上雲霄。等到煙霧散去，湖上什麼也沒有了，只剩下燃燒的臭味和一點點的灰燼——那就是大家看到草莓湖水怪的最後模樣。

我們把所有東西打包，準備下山回家。瘋狂科學俱樂部裡年紀最小的丁奇，就在下山的路上哭了起來。這也難怪，整個水怪的事件正是由他開始的嘛！我想他現在一定像喪失了一個親人般的難過。傑夫安慰他說，下次俱樂部開會時，他可以有兩次投票權，丁奇終於停止了哭泣，草莓湖也回復了往日的平靜。

超級巨蛋

說到哈蒙・摩頓這小子，如果他去年八月也有在瘋狂科學俱樂部附近亂晃的話，他應該會看到我們一票人，很晚了還聚在一塊兒，研究一個有橄欖球那麼大的怪東西。也許他真的有看到我們的聚會，誰知道呢？就好像我們到現在也還搞不清，草莓湖邊的沼澤區裡到底有沒有史前動物。

「亨利，你猜這個玩意兒有多古老？」費迪・摩頓問。他兩手托著那肥嘟嘟的臉蛋，手肘靠在桌子上，雙眼圓睜睜地盯著那個巨蛋看。

「我猜，它搞不好已經有一億五千歲了，也許再加減個幾百萬年吧！」亨利・摩里根答。

「怎麼可能！」費迪的眼睛張得更大了。「哪有活得那麼久的東西？那要比聖經上活得最久的人還要老哩！」

「是啊，就是這樣！」亨利一副理所當然的樣子說。

丁奇・卜瑞邊打哈欠邊揉眼睛，問：「那我們拿這東西要做什麼？」

「我也還不知道，」亨利擦擦他的眼鏡，說：「其實我是有個點子，但我想要先做一些研究再說。」

「既然這樣，我要回家睡覺了。」丁奇說完就溜下了他的凳子。

費迪馬上附議：「我也是！」

每次只要亨利一說他有點子了，大家就打算回家去睡覺。這次就是他叫我們到湖西邊山上的廢棄採石場挖化石，我們整整挖了一天，所有人都累得像狗一樣。桌上這灰綠色的怪東西便是我們撿回來的，亨利小心翼翼地把它收在一個鋪滿木屑的盒子裡。我們打算蓋上盒蓋了，亨利還在仔細撫摸那東西粗糙的表面。

「嗯，最好把它放到保險櫃裡。」亨利自言自語。

然後我們就回家休息了。當然，大家心裡仍然在想著這個奇怪的東西。亨利說它是一顆恐龍蛋，就算它是吧，丁奇也問了一個好問題：恐龍蛋除了拿來看，還能拿來做什麼？

盛夏的深夜，我們都已進入夢鄉，只剩下亨利一個人仍舊忙個不停。他忙著做一些我們作夢也想像不到的事；這些事情，後來引發了一連串的事件，至今鎮上的人依舊在談論。

第二天一早，丁奇就飛也似地衝進俱樂部大叫：「嘿，我有個好主意了！我們要不要試著在荷馬家的院子擺個攤位，賣門票讓人參觀恐龍蛋呀？」

「哇塞！」坐在角落啃瓜子的費迪接著說：「那我們不就可以大賺一筆了！鎮上的人一定都很想看恐龍蛋的。」

荷馬．斯諾格點點頭，說：「我有個更好的點子，」他轉頭問丁奇：「為什麼我們不到你家去擺攤，然後賣更貴的門票？」

「因為我爸根本不可能答應！」

「當父母的就是這樣！」費迪又托著他的下巴講話：「他們老是阻礙你進步！」

「你們朝這個方向想就不對了，」亨利用非常正經的口吻說：「這是一個科學上的發現，這顆恐龍蛋有可能成為史前研究的重要里程碑，我們怎麼能從這種東西上賺取金錢呢？每一個人都應該有權利來看它的，而且，我們也有責任讓科學界來了解它。」

「哦——難怪科學家沒有半個有錢的。」費迪說。

亨利從保險櫃取出那顆超級巨蛋。在白天的陽光下，它看起來跟昨晚不大一樣，起碼沒有那麼古怪了。

丁奇把它從盒子裡拿出來，放到桌子上。「我怎麼感覺它變輕了？」他說。

「那是因為昨天晚上你已經累了，」亨利說：「而且我們又拿著它走了很長一段路。現在你的體力變好，感覺就不一樣。」

「說的也是。」丁奇點點頭，舉起他的雙臂，摸一摸自己的肌肉。全俱樂部裡面，手臂最細的就是他了，這讓我想到塌鼻子費迪。費迪沒事總在摸自己的肚子，他的胃口可是全俱樂部最大的。丁奇總希望自己的肌肉變大，就好像費迪老想要他的腰圍變小一樣。

話說回來，前一晚我們拍了幾張超級巨蛋的照片，已經洗好了。我們把照片連同挖掘地附近的一些貝殼碎片，包成一個包裹，打算要寄給紐約一家專門研究恐龍的博物館。我們也整理出一張說明，上面記載著巨蛋的實際大小和重量，由俱樂部中唯一會打字的莫泰蒙．達倫坡來完成。亨利親自去郵局寄包裹，回來之後，他告訴我們他打算怎麼處理這顆蛋。

「我想，這顆蛋最後還是要交由博物館收藏的。」他說：「但是，因為它有可能是一項破天荒的大發現，所以我覺得在它還屬於我們的時候，我們實在應該先在它身上做點實驗。」

「你到底想做什麼？」莫泰蒙直接問。

「我想試著孵這顆蛋！」亨利回答。

傑夫．克羅克手上的議事槌頓時鬆脫，他衝到門口開個小縫，讓室內的空氣稍微流通一點。

「亨利，身為會議的主席，我要問你一個問題，」傑夫大聲地說：「你的頭腦還清醒嗎？」

丁奇也忍不住問：「你是說，你想要孵出一隻真正的恐龍嗎？」

「不然，恐龍蛋能孵出什麼東西？」亨利反問。

荷馬露出不以為然的表情，說：「這顆蛋看起來並不新鮮呢！」

傑夫皺著眉頭回到座位上。「亨利，我記得你說過，這東西搞不好有一億五千歲了，是嗎？」他說。

「對呀，」亨利辯解說：「你沒聽過加州那個鹹水湖『索頓海』的事嗎？那湖邊到處都是歷史超過兩千年的蝦卵，附近的藥局和紀念品店都有在賣這種老蛋。你買回去後，只要把它們泡在水裡，經過二十四小時的孵化，小蝦子就會跑出來。如果一顆蛋過了兩千年都沒死，你說它什麼時候會死？」

荷馬搶著說：「發臭的時候！」

丁奇彎下腰聞了聞巨蛋，說：「它真的有股怪味耶。」

「如果真的有隻恐龍，你們要拿什麼餵牠？」費迪突然問了一個有趣的問題，卻也暫停了大家的爭論。

一個小時之後，我們已經在草莓湖北邊丘陵間的沼澤濕地中，非常非常辛苦地行走著。我們曾經躲在這片沼澤灌叢裡建造水怪，除了一些採莓人到過這裡外，沒有什麼人會真的走進來。這附近還有許多地方是更人跡罕至的，即使我們已經算是相當了解這一帶，但仍舊有些荒僻的地方我們還是不敢進入。

山腳下的路蜿蜒崎嶇，我們小心翼翼的，循著不太明顯的路跡行走。突然間，幾塊岩石崩塌下來，跟著就聽到有什麼東西窸窸窣窣穿過林子。傑夫爬過眼前的低矮植物，四處張望了一會兒，可是沒瞧見半點東西。

「八成是隻狐狸。」他說。

「搞不好是『國蛋協』派出的間諜！」莫泰蒙說。

費迪瞪大了雙眼：「『裹蛋鞋』？什麼是『裹蛋鞋』？」

「是『國』『蛋』『協』，國際蛋業協會！」莫泰蒙壓低了聲音說：「他們是一個危險的犯罪組織，專門從博物館中偷出恐龍蛋，再拿去賣給世界各地的收藏家！」

「莫泰蒙，不要再扯了！」傑夫唸他說：「你是無聊書和垃圾電視看太多了嗎？」

「喂，這種時代小心謹慎總是對的。你知道灌叢裡有多少情報人員在活動嗎？」莫泰蒙回說。

此時領頭的是亨利，他把我們帶到沼澤區的最深處，那裡竟然有一片純白的沙灘，沿著小山腳下突出來。雖然沙灘表面大多被藍莓樹蓋住了，亨利還是找到一塊臨著沼澤的空曠沙地，作為孵蛋的地方。我們挖了一個三十公分深的洞，把巨蛋放到裡面去。然後又在空地邊緣做些記號，放幾塊石頭，以免下次來時找不到地方。

「像這麼大的蛋，要孵多久才會有結果呀？」丁奇問。

「沒有人知道，」亨利說：「這也是我們想要了解的事情之一。如果我們能找出答案，將會是對古生物學的一大貢獻呢！」

「說話小聲點！你不怕被人聽到嗎？」費迪低聲插嘴。

丁奇又問：「會花上一年的時間嗎？」

「我真的不知道。」亨利答道。

丁奇和費迪這兩個小子哪肯等上一年，他們隔天就鑽回沼澤區查看那顆蛋。當他們回到鎮上，便迫不及待地把俱樂部所有人都找出來。我和傑夫正好在亨利家幫忙洗車，一起被他們兩個找到。

「事情大條了！那顆蛋不見了！」費迪對著我們大叫。

「巨蛋神秘地失蹤了。」丁奇在旁附和。

亨利卻異常冷靜地說：「哦，是這樣嗎？」

「你們怎麼知道的？」傑夫問。

「我們回去那裡挖洞，可是它不在那裡。」

「既然它不在那兒，你幹麼還要挖？」亨利邊刷輪胎邊回話。

「喔，亨利，別這樣嘛！你知道我說的意思。」費迪用腳踢踢輪胎，還用他的髒手亂摸車子的行李廂。

丁奇跳著說：「那顆蛋一定是被哈蒙．摩頓偷走的，我敢打賭那些落石就是他的傑作！」

「我猜也是這樣。」亨利依舊平靜地說：「把那根刷子遞給我。」

丁奇已經失去了耐心，他說：「我們現在趕快過去看一下吧。車子又不一定非要現在洗！」

亨利用水柱沖洗車頭，緩緩說道：「明天早上再去就好了。如果蛋已經不見了，何必擔心它再被偷走呢？」

「明天早上？」費迪大叫：「膽小鬼！我看就算火燒羅馬城，你也只會躲在家裡玩樂器！」

「火燒哪裡？你旁邊嗎？」亨利把水柱噴向費迪。

「好啦、好啦，你這臭小子。」費迪不得已求饒說。

第二天一早，我們一群人便回到那片隱密的小沙灘。奇怪的是，一切景物看起來和我們剛埋下恐龍蛋時沒兩樣；記號還在，小石頭還在，整片地沒有被動過的痕跡。

「一定有人來過這裡！」丁奇不可置信地說：「費迪和我昨天就是在這裡挖一個大洞的，這個洞怎麼會無緣無故不見呢？」

「好！我們就來看看巨蛋到底還在不在。」傑夫說。

我們利用先前做的記號，標定好埋藏位置，馬上開始挖掘。結果揭曉：恐龍蛋還在，位置也沒有改變，只是看來沒有孵出什麼變化。接下來的事，大家都想像得到：所有人把視線都移到丁奇和費迪身上。

「你們兩個在搞什麼鬼？害我們大老遠跑一趟！你們難道不知道我有更重要的事要做嗎？」莫泰蒙首先開砲了。

「如果你們以為開這種玩笑很有趣，我告訴你們，這玩笑差勁透頂了！」傑夫也很火大。「我應該把你們兩個都丟到水裡去！」

瘦小的丁奇哭喪著臉，說：「我們真的沒有說謊，真的有人來過這裡！昨天我和費迪來時，恐龍蛋確實不在這兒。」

「我摸著我的良心保證！」費迪做出發誓樣。

「哦——該不會是你們找錯地點、挖錯方法吧？」莫泰蒙故意譏諷他們。

「就算我們挖得歪、挖得爛，又是誰把它填平的呢？」丁奇腳踢著沙，聲音已經哽咽了。一顆豆大的淚珠，跟著從他左邊的臉龐滑下來。

「我怎麼會知道？搞不好整件事都是你們編出來的。」莫泰蒙已經跟丁奇對上了。

就在他們爭論不休時，我注意到亨利從洞中拿出了恐龍蛋。他用放大鏡仔細地觀察巨蛋，再把它好好放回洞裡。此時，他臉上露出一絲神秘的笑容。

「什麼事讓你這麼高興，亨利？你看到蛋裡有恐龍了嗎？」我問。

亨利現在才發現我在看他。「沒什麼特別的，查理。」他回答我的問題，順便用沙蓋住恐龍蛋。

但是對丁奇和費迪來說，怎麼可能沒什麼特別的呢？丁奇幾乎是一路哭回家的。回到鎮上後，他兩人斬釘截鐵地告訴我，當時那顆蛋真的不見了。

「我覺得我的堂弟哈蒙近來很可疑，我們一定要去查個水落石出！」費迪跟我說。

其實我也對他們兩個感到有些不好意思，所以便答應了他們的要求，幫他們監視哈蒙的俱樂部。這個任務不算太難，因為哈蒙那票人老是在一個舊車庫的二樓聚會；那車庫在史東尼・馬汀家後面，正對著伊根小巷，而伊根小巷往前走一點，就是布萊斯德家的倉庫了。布萊斯德家只剩下一對行動不便的老夫婦，他們寧可多買一些保險，也沒力氣追趕在倉庫閣樓亂鬧的我們。久而久之，那倉庫也成了我們的地盤。

這可是一個非常棒的監視點。閣樓的兩端都有窗子不說，還有一個挑高的小圓頂，人可以爬上去，從通風口看見外面，外面的人卻很難看到這裡來。我們在這個地方，可以清楚看見史東尼家車庫的動靜。

那天晚上，我們看到史東尼提了一桶東西出來，倒到巷口的垃圾筒裡，倒出時還發出了巨大的聲響。接著他用一支螺絲起子把桶子內面刮乾淨，再仔細沖洗了一番。等他回到車庫裡，丁奇就再也耐不住性子，鑽到對街去偷看了。瘦小的他，哪有辦法看得到車庫的二樓，他索性爬上電線杆，從窗口偷瞄房子裡的情況。我們緊張極了，心裡禱告他不要被發現就好。突然間，我們看到他整個人晃到車庫的斜屋頂上，四肢躺平、動也不動。然後我們馬上了解他為什麼要這麼做了。哈蒙不知是感覺到外面有人，還是一向小心謹慎，竟然真的打開窗戶，探出頭來左右看看。他一會兒就縮回他的頭，也關上窗子，但是丁奇仍舊不敢輕舉妄動。還好沒過多久，史東尼他們就關掉車庫的燈，下樓走出門。他們鎖好門，便迅速消失在巷尾。

他們的身影一不見，丁奇馬上跳到電線杆上再溜下來，拼了命地衝回布萊斯德家的倉庫。我們也趕快衝下去，問他究竟看到了什麼。

「他們拿了我們的蛋！」丁奇氣喘吁吁地說：「我看到我們的巨蛋就放在他們桌上。」

這回我們一起衝到對街去。丁奇一溜煙又爬上了電線杆，他跳上車庫屋頂，然後往下翻過屋簷，站到了窗台邊。窗子沒上鎖，瘦小的丁奇只花了一秒鐘就鑽進房子裡去。他摸黑下到一樓替我開門，我隨同他一起上樓，費迪則躲在巷口垃圾筒的後面把風。

丁奇拿著手電筒，在車庫二樓照來照去。結果在一張靠牆的桌子上，發現了我們的巨蛋，這次連我也都很確定了。我們想找個東西把巨蛋包起來帶走，牆角正好有堆麻布袋，我便拿起在最上面的袋子。不過這堆袋子下面似乎藏著什麼東西，我忍不住想看一看。我把麻布袋移開，手電筒拿過來一照，只看到兩個不大的「臉盆」。站在我身旁的丁奇呼吸急促，他大概十分緊張。

「查理，那些東西是什麼？看起來好像石膏塊。」丁奇說。

「我知道這是什麼。」我說：「而且，我想這些東西就可以說明他們在搞什麼鬼！」

我們把桌上的蛋抱過來，放進「臉盆」的凹洞裡，形狀完全吻合。

「你看，這些臉盆其實是石膏模子。」我對丁奇說：「你知道我在想些什麼嗎？」

「當然知道，剛剛史東尼倒掉的就是不要的石膏。」

「沒錯。可是你有沒有想過，這臉盆模子有兩瓣。他們做了兩瓣模子是為了什麼？」

「為了要複製出另一個恐龍蛋！」丁奇叫。

「完全正確！我們辛苦埋藏的洞裡，現在放的是用模型做的假蛋！」

「他們為什麼要這樣做呢？」丁奇問。

「因為他們可以謊稱恐龍蛋是他們的發現，所有的功勞就變成是他們的，跟我們一點關係也沒有。哈蒙就是喜歡做這種事，但是這一次，看看是誰要被要了！」我說。

「我們要怎麼做呢？」丁奇的聲音興奮了起來。

「我們就來反將他們一軍，」我說：「我們神不知鬼不覺地把蛋掉換回來吧！」

我們用麻布袋包好這顆真的巨蛋，小心翼翼地離開，而且特意不鎖門。我們摸黑走進沼澤區，找到埋藏位置，挖出被哈蒙他們放進去的假蛋，把真蛋又放回原位。光這一趟，就花了我們兩個小時的時間。然後我們又再花了兩個小時，才走回伊根小巷。老實說，當我們再溜回史東尼家的車庫時，已經緊張到心臟都要跳出來了。我們小心地不發出任何聲音，希望不會被發現。還好我們注意到門依舊沒上鎖，才稍微鬆了一口氣；我想，應該還沒有人發現蛋被我們掉包了吧。

我們爬上二樓，在一片漆黑中摸索，找到那張桌子。我伸手要把蛋放回桌上，卻碰到了另外一隻手，嚇得我差點沒放聲尖叫出來。

「你們早該回來了，」黑暗中傳來一個聲音：「為什麼拖了這麼久？」

天啊，我的心臟就要停止了！一切都被發現了嗎？跟在我身後的丁奇，鼓起勇氣打開了手電筒，呼——我的心臟又恢復了正常跳動。桌邊的神祕人影原來是亨利。

一時間，我腦海裡浮出了各種疑問：亨利跑到哈蒙的俱樂部裡來幹嘛？難道他和哈蒙是一夥兒的？他怎麼知道我們今晚的行動？

「喂，亨利，我們差點沒被你嚇死。」丁奇說。

「你到底來這兒做什麼？」我的聲音勉強回復平靜。

「先別說這個，」亨利道：「把蛋放回去。我們快點離開這裡吧。」

丁奇對他解釋：「這顆蛋不是真的恐龍蛋，我們已經找到真的那顆，而且把它放回沼澤區了。」

「我知道、我知道，」亨利沒有半點驚訝的表情。他說：「你就是要證明你是對的。好了，趕快放下那顆蛋，然後趕快溜！」

我把蛋放回原位，馬上離開。經過一整晚的折騰，我們起碼替丁奇和費迪洗刷了冤屈。只不過，我們還是沒搞清楚哈蒙的計畫，但我想我們起碼比他們搶先了一步。反倒是亨利的舉止讓我深深感到疑惑，接下來的幾天，他的表現讓我更不明白。

一開始最關心恐龍蛋的亨利，現在卻整天泡在俱樂部裡，不是東摸摸西摸摸，就是在玩無線電，絕口不提恐龍蛋的事，也不准別人去看恐龍蛋。如果有人問起那顆蛋，他就會說：「那顆蛋現在好得很，別擔心。」終於有一天，他答應要和大家一起去釣魚。我們一群人騎著腳踏車上山，在我們最愛的一條小溪邊垂釣。亨利沒釣到半隻魚，他過去也是這樣，對釣魚非常不拿手。似乎魚兒對這些超級聰明的人都不敢興趣，或者該說，是這些聰明人對這種活動都太缺乏耐性吧。

還不到下午，亨利就極力勸說我們回去。當我們回到他家時，大門口正坐著一個人在等亨利。他自我介紹說是某大報科學版的記者。

「你好，我姓包登，我是《世界民主報》的記者。」他停頓了一下，又說：「我想向你們請教一些事：聽說你們發現了一個超級巨蛋？」

「什麼巨蛋？」費迪問。

「一個可能是恐龍蛋的超級巨蛋。」包登先生回答。

「哦——你是說那個蛋啊，」費迪裝腔作勢說：「你應該要請教這位亨利・摩里根先生，他是我們的首席研究員。」

「謝謝你，」包登先生非常客氣地說：「我這趟來就是要來找他的。」

傑夫扯著費迪的耳朵把他拉走，包登先生這才開始說明原由。他說，紐約的自然史博物館收到我們的包裹後，拿裡面的貝殼碎片作了氣放射性測試。那是一種年代鑑定法，結果顯示我們寄去的樣品是屬於侏儸紀的中生代。所以他們研判，那顆巨蛋可能是某種蜥腳類恐龍的蛋，像是雷龍或是腕龍。館方非常驚訝長毛象瀑布鎮會出現這種東西，他們已經拜託一位大學教授來檢視這顆蛋。包登先生是在得知這個消息後，找到亨利家裡來。如果那位教授真的來到鎮上時，我想會有更多記者出現的。

「請問那位專家是誰？」亨利問。

「穆裘恩教授，一個非常有名的古生物學家。他明天就會到了。」包登先生回答。

「你說的那個『豬驟雞』是什麼東西啊？」丁奇沒頭沒腦冒出一句。

「是『侏儸紀』！」亨利給他一個白眼，說：「那就代表這顆蛋可能真的有一億五千萬年之久，就像先前我說的一樣。」

果然到了第二天，穆裘恩教授就到鎮上來了。他在鎮公所和我們見面，並且打算在那邊召開一個記者會。一如以往，只要鎮上即將有大新聞可以上報時，斯桂格鎮長就會跟著出現。他今天穿得西裝筆挺，滿臉笑容地把亨利介紹給教授。他拍著亨利的頭，嚇得亨利趕緊彎腰閃躲，因為亨利一向認為科學家要有一副整齊的樣子，他深怕鎮長會不小心撥亂了他的頭髮。反倒是穆裘恩教授的模樣，實在稱不上太整齊。他的西裝有點皺，領口也有點髒；可是在厚厚鏡片下的雙眼，卻是炯炯有神。他的頭髮並不多，但足夠蓋住頭皮；光是這點就贏過斯桂格鎮長太多了。

斯桂格鎮長又拍著亨利的頭說：「這位青年真是本鎮之光。」

「沒錯、沒錯，」穆裘恩教授邊講話邊吸氣，說：「他們的發現可是非常、非常有意義的。」他的怪腔怪調加上微笑時依舊咬緊牙齒，令人印象十分深刻。

等所有人都坐定後，記者會正式開始。穆裘恩教授先向大家說明他來到長毛象瀑布鎮的原因，然後稍微介紹了一下有關恐龍化石的基本知識。現場來了不少記者，教授也當場接受大家的發問。有人問到化石的年齡是怎麼確定的，他開始解釋各種的化石年代測定法。當他提到鈾放射性測定法時，馬上有記者緊張地舉手，那是鎮上《長毛象瀑布報》的記者。他問教授說，恐龍蛋是否也會具有放射性，還有這樣對本鎮會不會有一些危險。

「不會、不會，應該不會。」教授露齒微笑的樣子實在不大好看。

亨利低聲罵了一句：「真是個白痴記者！」

「我們什麼時候可以看到這顆蛋？」又一個記者問。

「這個問題嘛，可能要請在座這幾位年輕人來回答。」教授轉頭對亨利說：「我也還沒看到那顆蛋呢，年輕人。我連它在哪裡都不知道哩。」

「哦，我們把它埋起來了。」亨利說得一副事不關己的樣子。

「埋起來了？為什麼要埋起來呢？」

「我們想看看會不會孵出什麼東西來。」

整個會場突然變得鴉雀無聲。即使教授嘴巴開開的像是在笑，卻也笑不出聲音來。直到剛剛那個白痴記者（就是長毛象瀑布報的那位啦）問說，到底有沒有半點可能孵出一隻活恐龍，教授的笑聲終於在會場爆破了出來。

「不可能，當然不可能！」教授又笑了起來。不過突然間，他的臉卻拉了下來，科學家審慎的本性開始流露。他很嚴肅地說：「但是，老實說，我並不知道結果是不是就是這樣。這件事可能要讓更高層的人來判斷。」

記者會結束後，斯桂格鎮長的興致依舊很高昂。他派出鎮上的警察和消防隊，把所有人送到沼澤步道的起點。他還把他從前打仗留下來的寶貝綁腿借給穆裘恩教授。一路上，鎮長不斷宣揚長毛象瀑布鎮在地質研究上的重要性，而教授卻只是說著：「有意思、有意思。」

除了被邀請去參觀恐龍蛋的人之外，我們注意到一些雜七雜八的人也跟來了，哈蒙和他俱樂部裡的一些人就混在裡面。這一整群人為數眾多，丁奇非常努力地搶到最前面去，打算要做把蛋拿給教授看的英雄。當我們翻過最後一段山路時，丁奇卻從沙灘邊的樹林衝回來，大叫著：「巨蛋孵出來了！恐龍已經落跑了！」

我們趕快跑到那片小空地上，真的只看到蛋殼的碎片落在沙灘上的淺洞裡。穆裘恩教授要求大家退後，他開始非常仔細地觀察地面。他踮著腳走過一灘泥巴地，盯著上面一排細小的痕跡看，然後從口袋取出一支很大的放大鏡，就地蹲下來研究這些痕跡。

這些痕跡看起來就像是某種動物的腳印，形狀有點像多了三根指頭的小槲果——或許用初開的鬱金香來形容更貼切吧。這些痕跡之間，又散佈著另一種更小的痕跡，好像中空的槲果倒過來的樣子。泥攤上的痕跡沿著岸邊扭扭曲曲排列，最後消失在灌叢的乾地裡。

穆裘恩教授蹲在那裡看了好久，邊看邊搖頭。他再回到蛋殼最多的那個淺洞裡，撿了一、兩片的碎片。最後他哼了一聲站起來。

「聰明、聰明，」他開口說：「可是全是假的！」

一時間，所有人開始七嘴八舌地發問。斯桂格鎮長的聲音超大，記者的話也不停。可是在一片吵雜聲中，我還是可以清楚聽到哈蒙的笑聲。這時，教授拿起手上的兩片碎片一捏，碎片頓時化為白色粉末，他接著把白粉放到嘴巴裡。

「看清楚了，這只是石膏而已！」他呸地一口吐掉那些粉。

斯桂格鎮長的臉都綠了。他氣鼓鼓地瞪著亨利和我們，然後回頭看了教授一眼，忍不住大叫了一聲。穆裘恩教授再度走到沙灘上，觀看那些痕跡。

「這些假腳印實在做得不錯，頗有剛出生的雷龍該有的樣子。」他說：「只是仍然有一個破綻，就是雷龍的尾巴。雷龍的尾巴又長又重，垂在地上根本舉不起來。但是這裡卻完全沒有尾巴的痕跡。」他轉過頭對鎮長說：「鎮長先生，很抱歉，我要說我這趟是白來了。我根本不值得為這些假東西大老遠跑一趟的。」

「我也是有苦衷的，」斯桂格鎮長的臉更綠了，他用非常、非常大的聲音說：「我也感到很抱歉。可是，你要知道，管理一個問題青少年充斥的小鎮並不簡單啊！穆德恩教授。」

「我姓穆裘恩！」

「什麼？」

「穆——裘——恩！」

「喔，對不起，真是抱歉！」鎮長說。

「好啦，這種事也不是第一次發生，就算了吧。」教授說。

好幾個記者過去把假腳印和假蛋殼拍下來，還有一些則繞著亨利問話，但亨利卻什麼都不說。「很抱歉，我現在無法回答任何問題。」亨利發表了一個簡單聲明，就走到我們旁邊來。

「到底是怎麼一回事？」傑夫問他：「那顆蛋是我們的蛋嗎？」亨利聳聳肩，沒有回答就走了。

傑夫看著丁奇、費迪和我，語帶指責地說：「都是你們三個搞砸的！」

「對！」莫泰蒙口氣更差，他說：「是不是你們偷挖了真蛋送給哈蒙？哼，竟然要花那麼大的力氣去搞砸一件事！」

丁奇也找不出話來回他，只能說道：「閉嘴！」

小沙灘上的人都沒散，我們雙手交叉站在一旁，等著看接下來的發展。斯桂格鎮長也不知道要怎麼收拾這個殘局，只是在那裡不斷地道歉，穆裘恩教授早就懶得理他了。這位怪教授，似乎也沒有要馬上離去的打算，反而站在原地咬著他的眼鏡框，喃喃自語。

「沒道理呀，」他自言自語：「博物館的合夫麥特博士很確定那些樣品是侏儸紀的東西。只看照片有可能弄錯，但是拿碎片……又做了測定……怎麼想都不應該有問題啊？奇怪、奇怪，這整件事太奇怪了。」

「會不會這顆超級巨蛋根本就沒存在過？」有一個記者說：「也許這些孩子發現的只是貝殼碎片，然後他們再編出這些恐龍蛋的事。」

「是有可能，」教授說：「真是這樣，他們也太厲害了。因為他們寄給博物館的說明，寫出來的恐龍蛋大小啦、重量啦，都跟科學家的推測一樣呢。」

「打擾您一下，教授。」人群中突然冒出一個聲音：「我可以帶你去看真正的恐龍蛋。」

「你說什麼？」

哈蒙和他的同黨史東尼推開重重人群，走到沙灘正中心。「是我們發現真正的恐龍蛋的。」哈蒙說：「但我們也做了一個假蛋放在這裡，來探探這些自以為聰明的人。誰知道他們那麼容易上當，還傻傻地把它孵了兩個禮拜！」

「這麼說，這些逼真的腳印，就是你們做的囉？」穆裘恩教授問。

「是的。我們想，要騙就騙到底吧！」哈蒙一臉得意地說。

「好好好！你們真是聰明！現在可以帶我們去看那顆真的蛋了嗎？」

「沒問題，它就在我們的俱樂部裡。」哈蒙立刻成為大隊人馬的帶頭者。

斯桂格鎮長好像突然找到台階可下，一方面努力在泥濘的路上保持平衡，一面又大聲講話起來：「這個哈蒙．摩頓呢，才是我們鎮上最聰明的年輕人。我呢，也一直不斷地鼓勵他。哈哈哈，他真是本鎮之光呢！」

至於我們呢，則遠遠地落在人群後方。事情變成這樣，誰提得起勁走路呢？瘋狂科學俱樂部成立以來，今天大概是我們最灰頭土臉的一天吧。不過，我注意到亨利並沒有跟上來，他還在沙灘上研究那些石膏碎片。我看到他把某種東西放到口袋裡，才過來追我們；而他的臉上，又浮現出神秘的笑容。

這一大票的人，終於走到史東尼．馬汀家的車庫。車庫的二樓又悶又熱，斯桂格鎮長連禿頭處都在冒汗了。穆裘恩教授終於看到了放在桌子上的巨蛋，他倒吸了一口氣，伸開雙臂衝向那顆蛋。

「喔，就是這個！看起來就像真的。」他讚嘆說：「真是個寶物啊！」

所有的記者也蜂湧而上，圍繞著低身檢視巨蛋的教授。也不知什麼時候，亨利鑽到了記者群中，直接站到教授身旁。

「教授，這裡的光線不怎麼好，我們為什麼不挪到窗口去看呢？」亨利對著教授說。

「好主意，」教授說：「但是要小心一點，這可是一項曠世稀寶呢！」

「可不是嘛！」亨利嘴裡應著教授的話，手上卻是拿著巨蛋橫衝直撞。

「等一下，讓我來拿！」哈蒙一把抓住亨利的手。

「小心啊！」亨利叫著，巨蛋就從他的手上滑下，摔落到地上，碎裂成滿滿一地的粉末。「天啊！哈蒙，真是對不起！」亨利說：「我會幫你清乾淨的。」

「算了吧！」哈蒙說，他臉色慘白擠出了一句：「我還是輸給你了。」然後他一腳踩碎他身後的一塊大石膏。窗外的陽光映照在碎屑上，哈蒙突然看到其中有個閃閃發亮的東西。他彎腰去看，「啊，我的戒指！」他說：「怎麼會在這兒？難道是那天我在拌石……」

「拌什麼？」亨利問。

「不關你的事。」哈蒙面紅耳赤地說。他對著亨利問：「喂，這顆蛋明明是我做來放到沼澤區去的，為什麼會跑到這裡來？」

「我怎麼會知道？」亨利說。

「但是，在沼澤區的那一顆……」

「也是個假蛋！」亨利笑著答。

「所以，你從頭到尾都知道我的計畫，還事事搶先我一步啊！」

一直在一旁聆聽他們對話的穆裘恩教授，清了清喉嚨說：「這兩位年輕人，你們到底在說什麼呀？我已經完全被你們搞糊塗了。」

「教授說的對。」丁奇漲紅了臉說：「原來我們忙了一整夜搬來搬去的東西，全都是假蛋？而你知道了卻不說？」

「嘿，又不是我叫你去換蛋的。」亨利平靜地回答丁奇。

「可是你，你這樣做實在很不科學耶！」丁奇抱怨。

「是不科學，」亨利點點頭說：「但是很有趣啊！」

哈蒙也應聲說：「的確，連我都被你耍了。我真的以為你們在舊採石場挖到一個真的恐龍蛋。」

「我們真的有挖到呀。」

「什麼？你們真的有挖到？」

記者們的耳朵都超靈敏的，一聽到這句話，馬上有反應。一大堆的問題頓時從四面八方冒出來，但是，斯桂格鎮長的大嗓門很快就壓過所有人的聲音。

「真蛋在哪裡？你這個可惡的小子……不，我是說可愛的小子。」

「它就在沼澤區裡。」亨利擦擦起霧的眼鏡，說：「不過，是在另一個地方。」

「哦，不要告訴我又是沼澤！」鎮長哀嚎，同時低頭看他那雙沾滿泥巴的名牌鞋子。

「等等，我還有一件事想不通。」是那位最早找到亨利的記者包登先生，他問：「我想讀者會很想知道，為什麼你要故意埋一個假蛋，還把大家帶到那邊去？」

「關於這件事，我必須要向大家抱歉。」亨利說：「可是我知道有人想偷這顆蛋，我暫且不提他的名字。所以我們發現它的當晚，我就做了一個石膏模型，然後把真的蛋帶去埋藏了。如果我不帶你們去埋假蛋的地方，這中間的曲折，大家是不會知道的。」

「而且這個做壞事的人，也永遠不會被發現！」斯桂格鎮長狠狠地盯著哈蒙說。

「我想教授也同意，科學家應該盡力保護他的發現，確保他應有的功勞。」亨利說。

這次換教授也在擦眼鏡了。他說：「這個嘛，是沒錯啦！但是很不幸的，在自然科學的發展史上，還是有一些欺騙行為的例子。在我們古生物界，這種例子又特別多。」

包登先生問：「像是『皮蕩人』事件嗎？」

「哦——皮蕩人，對！對！」教授似乎沒有完全反應過來。

一群人於是浩浩蕩蕩地離開史東尼家的車庫，走進伊根小巷。斯桂格鎮長又黏到教授身邊，低聲說：「這個哈蒙・摩頓，專門插手擋人家的好事！」

「有意思、有意思。」教授卻只是重複著這句話

亨利引領所有人，往沼澤區的另外一邊走，走到了通往山上的白叉路附近。他在離路邊不遠的一個峭壁腳下停下來，這兒有一小片沙地。他站在沙地正中間徒手挖掘，沒一會兒蛋就出現了，和我們發現當晚的樣子一模一樣。丁奇小心翼翼地把蛋交給教授檢查。

丁奇抱著蛋說：「我現在才了解，為什麼我第二天搬蛋時覺得它變輕了。」

斯桂格鎮長又開始覺得臉上有光了。這也難怪，穆裘恩教授顯得非常興奮，一直說：「真是完好的化石，太漂亮了！太漂亮了！」

「我覺得它蠻醜的，不過教授你才是專家。」鎮長說。

就在大家忙著拍照、教授忙著欣賞巨蛋時，我看到亨利又從沙地中挖出一個東西。

「那是什麼，亨利？」我問。那東西看起來有點像我們俱樂部的發報器。

「這是我裝的簡易防盜器。」他說。他把東西拿給我看，那的確是一個小型發報器，再加了一個壓力開關在上面。

「只要蛋還放在這個東西上，我坐在我們的俱樂部裡就可以收到訊號。」亨利解釋：「但如果有人動到了蛋，訊號就會消失，我便知道蛋出事了。」

「所以，你才從來都不擔心這顆蛋。」

「沒錯，我一直知道這顆蛋安全地躲在這裡，沒被任何人發現。我只要打開接收器，就隨時可以了解蛋的情形。」

然後我很認真地看著亨利。

「亨利，」我說：「我們埋假蛋那一次，我看到你偷偷放了一個東西到口袋，是不是也是這個？所以你才會知道我們跑到史東尼家換蛋的事。」

「喔，你說那個啊，」亨利答：「那個東西又有點不同。我在做假蛋時，放了一個小發報器到石膏裡。所以不論這顆假蛋跑到哪裡去，我都可以用定位器找到它。想到這點子時，自己還覺得不錯呢！」

「所以你才會知道我們在史東尼家車庫和沼澤區來回奔波，還跑到車庫去嚇死我們！」

「話不能這麼說，我是要確定你們有沒有事。」

此時我腦海又浮現另一個想法。「想想看，亨利。你知道哈蒙換掉你做的假蛋，也知道他把蛋藏到哪裡去。」

「差不多是這樣。」

「但是你卻讓我們錯怪丁奇和費迪，以為他們在說謊！」

「我是有點對不起他們兩個，」亨利說：「可是我也不想搞砸我的計畫；如果我承認蛋被偷走了，你們一定會殺到哈蒙的俱樂部去，否則又哪來現在這麼多樂趣！」

「你實在很可惡！」我不以為然地說。

我們說話這段時間內，穆裘恩教授也把巨蛋仔仔細細檢查過了。他宣佈這的確是一顆真的恐龍蛋，他同時請教鎮長能否讓學術單位進入舊採石場挖掘，看看是否有其他的化石也在裡面。鎮長不但答應他，還允諾鎮上將會盡全力提供協助。這是當然的呀！誰會去阻擋科學的進步呢？誰又會把觀光客的錢拒於門外！

「請問一下教授，你們打算怎樣處置這顆蛋？」一位記者問。

穆裘恩教授看看斯桂格鎮長，斯桂格鎮長又看看亨利。

「通常是送給博物館。」亨利說。

「要不然就是被『國際蛋業協會』偷走！」莫泰蒙在旁邊鬧。

穆裘恩教授開口說：「我想美國自然史博物館會很樂意保管它。」

「應該是的。」亨利接著說：「不過，不知道教授願不願意，讓我們先孵孵看這顆蛋，說不定還能送一隻小雷龍給博物館呢！」

「這個嘛，我想博物館會答應的。」教授大笑了起來，然後他對亨利深深鞠了一個躬，說：「就請亨利．摩里根教授先完成您的實驗吧。博物館方面和我都願意等待的。」

「您先請！」亨利讓出一條路請教授先走。

「不不，您先請！」穆裘恩教授客氣地推辭。

就在他們兩個「教授」讓來讓去時，斯桂格鎮長卻搶先一步走出來，昂首闊步，神情得意。

這整件事還沒落幕。幾個禮拜過去後，自然史博物館卻遲遲沒有收到那顆蛋，也沒有其他人拿到那顆蛋，因為蛋還在我們這邊。我們每天觀察它的動靜，持續了幾週。直到有一天，丁奇和費迪騎著腳踏車衝到實驗室，眼角還閃爍著淚光。

「蛋孵出來了！真的孵出來了！」丁奇遠遠便開始叫喊。

「真的、真的，我如果說謊，就遭天打雷劈！」費迪說。

我們全部的人都跳上腳踏車，朝著白叉路快速騎去。

我們到了山腳下的那片沙地，丁奇叫著：「看，就在那邊！」他指的地方是之前亨利放蛋的地方，如今只剩下三塊碎片。然而在靠近水邊一點的地方，我們則發現跟先前看過的假雷龍腳印一樣的痕跡。但是這一次，腳印中間有一道清楚的線跟著蜿蜒，一條像曬衣繩那麼粗的線。

「看，這就是牠的尾巴！」費迪又叫又跳。

我們把灌叢、岸邊都徹底搜尋了一番，可是完全找不出更多的腳印。

丁奇喃喃說道：「牠不可能進到水裡呀，雷龍是不會游泳的。」

「你說的對。」亨利點點頭說：「牠們頂多是在陸地上站久了，會到淺水處休息。要是到了水太深的地方，甚至只是泥巴地，牠們都會因為太重而沉下去。這就是這麼多的雷龍化石能夠保存下來的原因。」

亨利在沙地上思考良久，他看看碎片，又看看腳印。最後他說：「我實在不知道該怎麼說。」他停頓了一下，才說：「我很想要說，我們成功地孵出了一隻雷龍，可是既然沒有親眼看到，我們永遠也不知道是不是真的了。也許，這一次是哈蒙搶在我們之前行動了。」

舊砲的秘密

荷馬．斯諾格已經三個禮拜沒來瘋狂科學俱樂部了，他整天都和黛芬．摩頓泡在圖書館裡。我們實在很疑惑，在圖書館裡待那麼久到底能做什麼呢？我們都知道荷馬對黛芬有意思，可是圖書館只是個讀書的地方，怎麼能每天在裡面混到關門才走？

到了這一次瘋狂科學俱樂部開會，荷馬還是沒有來。我們的主席傑夫．克羅克說，要是下次的例行會議他再不出席，我們就要表決是否讓他繼續當我們的會員。結果就在我宣讀完上次會議記錄時，荷馬突然衝進了俱樂部裡。

他上氣不接下氣地說：「我有重要的事要告訴大家！」

傑夫站在水果木箱做成的主席台後，敲了敲議事槌，命令荷馬先坐下來。

「我們還是先把原定的事情討論完。」傑夫說：「如果等一下還有時間，你可以第一個起來發言。」

荷馬聽了，只能垂頭喪氣地坐回他的位子。他故意轉頭看著窗外，假裝對我們討論的事完全沒有興趣。

我們繼續討論有關俱樂部經費的事。俱樂部已經缺錢一陣子了，我們一直希望能夠多弄到一點錢，但是大家討論來、討論去，卻想不出半點方法來。

坐在一旁的荷馬，這時再也忍不住了。他跳起來說：「我知道一個地方可以弄到一大堆錢——不是一點點錢，是一大筆錢哦！」

傑夫敲了敲主席台，很不客氣地對荷馬說：「我已經說過了！等我們結束預定程序，才輪到你講話！」

荷馬又坐回位子上，傑夫這時才意會到荷馬剛剛講的話。

「你剛剛是說錢的事嗎？」傑夫問。

「我什麼也沒說。」荷馬轉頭去看窗外，故意不理傑夫。

瘦小的丁奇・卜瑞反應很快，他馬上舉手說：「臨時動議：我提議讓荷馬現在來說明他的想法。」

「我附議。」費迪・摩頓說。

但是荷馬已經不太高興了。我們花了好一番功夫安撫他，傑夫也一直跟他道歉，他才轉頭面向屋內，起身說明一開始打算要說的事。

「嗯，這件事其實跟黛芬・摩頓有關。黛芬要寫一篇報告，她來拜託我幫忙找資料。」荷馬說。

莫泰蒙・達倫坡噗嗤一聲笑了出來，荷馬轉過頭去瞪他。傑夫只好又敲敲議事槌，提醒大家注意秩序。

「你要笑就笑，」荷馬說：「反正，我跟她就是發現了一個藏有一大筆錢的地方。」

「在哪裡？」傑夫問。

「就在紀念場的舊大砲裡。」

紀念場位在長毛象瀑布鎮八公里外的布瑞克山南坡，檸檬溪正好在那裡匯入大河；於是在山坡突出處，便形成了一個可以眺望河谷的岬角。因為地理位置優越，南北戰爭時曾立了砲台在那裡，用來抵禦南軍，保護鎮上的安全；不過，據說這門大砲從來都沒有發射過。戰爭結束後，因為它實在太笨重了，就被留在原地不曾移除。後來，鎮公所將大砲附近弄成一個小公園，還立了幾個南北戰爭時期軍人的雕像作紀念。從此大家就稱那邊為「紀念場」，是一個相當適合全家郊遊野餐的地方。

荷馬和黛芬這段時間窩在圖書館裡，便是在研究舊砲的相關歷史。他們翻遍了昔日的《長毛象瀑布報》，找到許多有趣的資料，像是槍砲是在哪裡鑄成的、需要多少匹馬才能把它拉到山坡上、直徑四十公分的砲彈可以射多遠等等。

在南北戰爭結束後，關於大砲的記載就變少了。荷馬和黛芬翻閱了幾百份的報紙，才終於又看到有關大砲的新聞，這次的新聞可是連續刊載了好多天。事件當時是一九一〇年，鎮議會表決通過，要將砲管用水泥封住，避免小孩爬進去產生危險。怎知封砲管當天，鎮上一個小孩失蹤了，許多人都猜測他是在灌水泥前爬進砲管玩，然後就被困在裡面。大家已經決定要敲開水泥搜尋時，那孩子正好被找到了。原來他爬到停在鐵軌上的貨車廂玩，結果他睡著了，車也發動了，他一直坐到伊利諾州的開羅鎮才被發現。更有趣的是，這位調皮的小孩，就是如今我們的鎮長大人——亞倫佐・斯桂格。

那整個禮拜，長毛象瀑布鎮充滿了大新聞。不只斯桂格家出了小孩不見的大事，就在小亞倫佐失蹤的前一天，有個蒙面人闖進「長毛象瀑布信託儲蓄銀行」，搶了七萬五千元美金，然後騎馬從舊城南路跑掉。之後，便再也沒有人見過那個搶匪和那筆鉅款。

雖然沒人分辨得出蒙面人是誰，不過倒是很多人都認得他騎的那匹馬。他們說，牠很像亞倫佐爺爺伊力查・斯桂格的馬。蒙面人的馬在鼻子前有一堆粉紅色夾雜白色的毛，而方圓幾公里內，只有老斯桂格先生的一匹馬有這種特徵。

照報上的說法，伊力查知道後可是憤怒極了。他發誓說那匹馬已經不見兩天，他認為有人偷了他的馬去搶銀行，還順便栽贓給他。法院於是展開一連串的調查，在偵訊當中，伊力查雇用的兩個工人都作證支持他。但老實說，誰也不敢確定他們是不是串好供詞的。

當時伊力查・斯桂格正在競選第十次的鎮議員。雖然法官認為罪證不足，並沒有將他起訴，但光光是名字與搶案連在一起，他就注定選不上。他的競爭對手艾莫瑞・夏普，正好拿這個案子來大作文章，也順利取代伊力查，當選那一次的鎮議員。

斯桂格與夏普兩個家族，是鎮上的兩大世家，卻也是世仇。經過這一次的事件，兩邊更成了死對頭。時至今日，兩家依舊在互鬥。只要其中一家有人出來競選鎮上的公職，另一家一定也派出人來競爭。

就拿今年來說，斯桂格鎮長的任期就要屆滿了，亞伯納・夏普已經宣佈要參選下一任鎮長。亞伯納年紀雖輕，卻是長毛象瀑布鎮最厲害的律師之一；多數人都覺得只要他夠努力，當選不會是什麼大問題。

說了這麼多，可別忘了荷馬和黛芬的研究。他們整理了所有關於搶案的線索，荷馬把重點報告給大家。他說，曾有目擊者看到有人騎著那匹馬，往布瑞克山的方向去。由於其他城鎮從來沒聽過搶匪的消息，所以大家研判他可能是越過山野逃走的。又因為伊力查的馬第二天清早就出現在馬廄裡，這個搶匪也不可能跑太遠；他也許就躲在小鎮附近，想等風頭過了，再把藏著的錢拿出來。因此荷馬和黛芬就推論，紀念場的舊砲可能是他藏錢的地點。他們倆如此懷疑，當然還有其他的證據。他們繼續翻閱《長毛象瀑布報》，發現後來刊載著這樣的事：有人蓄意要破壞封住砲管的水泥，而這類事情還發生了好幾次。

「你只憑這樣，就可以確定舊砲裡有錢？」傑夫問。

「只是我的直覺啦，」荷馬說：「你不覺得奇怪嗎？為什麼這麼多事，都剛巧發生在封住砲口的那個禮拜？」

「你的意思是，搶匪把錢藏在砲管裡，結果他還沒來得及把錢拿出來，鎮公所就派人把大砲封起來了？」

「我是這麼認為。」荷馬的口氣卻沒有先前肯定了。他接著說：「這一大筆錢，從那之後就下落不明。我去問過銀行裡的威利先生，這位老先生很確定沒有人找到那筆錢。黛芬現在就要拿這個主題來寫報告，她覺得這一定會成為一個轟動的大新聞的。」

「如果有人能證明那筆錢真的藏在那兒，那才是真正轟動的大新聞。」莫泰蒙插嘴。

「我猜那個搶匪發現大砲被封住，八成氣壞了！」費迪說。

「他一定是放在一個非常安全的地方，」丁奇說：「過了這麼多年，不知有沒有生了一堆利息？」

「不要貶值就很好了。」莫泰蒙譏笑他。

傑夫敲敲議事槌，暗示大家先暫停討論。

他說：「如果錢真的在那裡，你們有哪一個天才能想出法子找到呢？」

說到天才，大家不約而同地望向亨利・摩里根。他正坐在一張老舊的鋼琴椅上，背靠著牆，眼睛望著天花板。俱樂部突然陷入一片死寂，要知道，當亨利在思考事情時，是沒人敢發出半點聲響的。

亨利終於把頭低下來，他環視屋內，又把椅子往前拉了一點。然後他才開口問道：「那支砲是什麼樣的砲？」

「我爸說是『派羅砲』。」費迪說。

「不可能是『派羅砲』！」丁奇打斷他的話。「應該是『羅門砲』！我家裡有一本書，裡面把南北戰爭的細節講得一清二楚。」

「你懂什麼！」費迪不甘勢弱地說：「我老爸對這些清楚的不得了！」

「『派羅砲』長的根本不是這樣！」丁奇也很堅持：「這個絕對是『羅門砲』！」

「我有方法，可以知道裡面到底有沒有藏東西。」亨利突然平靜地說。所有人的爭論頓時停止，因為亨利又把椅子退到牆邊，瞧著屋頂上的大樑，回到他一貫的思考位置。

一個打嗝聲突然劃破了寂靜。所有人的視線轉向費迪，全俱樂部裡最會打嗝的人就是他了，所以大家的自然反應都是朝著他看。可是這回，費迪也在找聲音是從哪冒出來的。他那張胖臉整個皺了起來。

「我覺得這聲音是從外面來的。」他說。

莫泰蒙和我馬上衝到門口看，我們百分之百確定是哈蒙・摩頓在偷聽。費迪這個堂弟老是鬼鬼祟祟的，我們看見他從巷尾溜到維西街上去了，我們便回到屋子裡去。

「又是哈蒙來搗蛋！」莫泰蒙說。

「他一定什麼都聽見了。」丁奇憂慮地說。

「那他不就知道了舊砲和金錢的事？」荷馬大叫：「這樣事情馬上就會傳開了，哈蒙是一個超級大嘴巴！」

「我們如果想做什麼，一定要趕快行動！」莫泰蒙一樣十分焦急。

大家又忍不住朝著亨利看。他還是靠牆坐著，一隻手不斷摩擦他的眼鏡框。他意識到我們在看他，於是起身說道：「傑夫，我想我們應該先去拜訪韓傑克博士。」

保羅．韓傑克博士可是我們瘋狂科學俱樂部的一位好朋友。他是州立大學醫學院的院長，去年亨利想要孵恐龍蛋時，就曾得到他的協助。

「你瘋啦？」傑夫問他：「韓傑克博士能幫我們什麼忙？」

「我們先走，路上再談這個問題。」亨利說：「你媽媽可以載我們一趟嗎？」

「我會問她。」傑夫繼續問：「需要其他人做些什麼嗎？」

「我希望今天晚上八點，大家到紀念場集合。」亨利對我們說：「天黑就可以去了。但千萬不要成群結隊地去，最好是一個一個悄悄出現，別驚動任何人。如果看到哈蒙也跟來了，想辦法把他引到別的地方。從現在開始，讓他知道的越少越好。」

「沒問題，摩里根將軍！」丁奇對著亨利敬了一個禮，我們這次的會議也到此結束。

當晚，除了亨利和傑夫，所有俱樂部的成員都來到布瑞克山的山腳下。

「為什麼我們一定要在晚上來山裡呢？這裡這麼黑，怪可怕的。」費迪說。

「小聲一點。」莫泰蒙低聲提醒他：「我們不希望被人發現吧？再說你沒聽過瘋子艾爾莫·普利金嗎？那個老是拿著來福槍在林子裡亂晃的傢伙，聽說會對著人放槍呢！」

「我才不信！」丁奇小聲地說：「艾爾莫並沒有瘋，只是人們都不了解他而已。」

「他的腦袋是有點秀斗，但是他不會傷害人的。」費迪壓沉著嗓子說話，還故意把整張胖臉湊到莫泰蒙耳邊。

「哦，那他為什麼從來不進到鎮裡去？他整天待在林子裡，是靠什麼維生？」莫泰蒙回問他。

「他，他當然會進到鎮上！」費迪爭辯著，聲音也大了起來。「你不知道嗎？艾爾莫每年會在鎮民大會時進城投票，順便修剪一下頭髮。」

「是啊，是啊，」莫泰蒙說：「那他也趁這時候買買菜囉？」

「他哪裡需要買菜，」丁奇插入他們的談話：「他在他的小屋旁就種了一堆菜，他利用一根繩子就能夠設陷阱抓野兔。他剝兔皮的速度，比你綁鞋帶還要快。告訴你，艾爾莫可是聰明得很！」

「解釋的真是鉅細靡遺啊！」莫泰蒙語帶不屑地說。莫泰蒙這個人是罵人都要咬文嚼字的。

「小心！」荷馬提醒大家：「有人來了。」

我們趕緊躲進路邊的樹叢裡。是兩輛腳踏車，從鎮上的方向騎過來。胖費迪一向跑得最慢，這次又是最後一個躲進樹叢裡。他好不容易躲好、蹲下來時，卻打了一個有夠大聲的嗝。

「是你嗎，費迪？」是傑夫的聲音。

「不是，是我的叔叔！」費迪答：「我帶他一起來的，這樣比較好玩呀。」

「好了，別鬧了。」傑夫說：「我們還有好多事要做。」

亨利和傑夫把車推進樹叢裡，我們開始往山上爬。一如往常，亨利又弄來許多奇奇怪怪的東西，每個人都要幫忙揹一些上去。他不斷叫我們要小心一點，深怕那些精密的儀器會被我們摔壞。

「有人看到哈蒙・摩頓嗎？」傑夫問。

「連個影子也沒看見，」丁奇說：「搞不好這次他放棄了。」

「我可不敢這麼想。」亨利說：「他也許已經上到舊砲那裡去。我看我們先派一個人上去，確定砲台那邊沒問題，再全部過去。你認為呢，傑夫？」

傑夫也覺得這樣比較妥當，我們便放下身上揹的東西，讓莫泰蒙和荷馬先到紀念場去探個究竟。他們很快就回來報告，山上空無一人。我們再度揹上裝備，一起往山上走去。那個晚上，山頭飄散著一點薄霧，黯淡的月亮在雲間忽隱忽現，砲台附近的那片小空地，氣氛顯得相當詭異。鎮公所立在空地入口的紀念碑和那些南北軍將士的雕像，在山坡一側拉出了長長的影子。巨大的舊砲，看起來則像隻史前爬蟲怪物，蹲在樹影下等待無知的犧牲品上門。在朦朧的月色下，舊砲感覺比平常大了兩倍多。

「哇塞！這東西有多重啊？」莫泰蒙張大了嘴問。

「光是砲管本身，就有兩萬兩千兩百公斤。」荷馬開始說明：「還有的砲是這種砲的兩倍重呢！」荷馬現在倒是成了這些事情的專家。

傑夫叫莫泰蒙和丁奇負責站崗。他們守在一個能看見馬路和山徑的地方，約定好看見任何人經過，就學貓頭鷹呼呼叫幾聲。至於其他的人，則負責裝設亨利弄來的那些鬼東西。

亨利整個人翻爬到舊砲上。舊砲靠近後頭處，有一個酒瓶狀的突出物，大約是三十公分厚。亨利用手指在上面摸來摸去，直到他找到了後膛的火門。然後他從口袋裡抓出一隻筆型手電筒，對著火門的洞照進去，並且小心地用手環繞在手電筒旁，不讓光線洩出去。

「他在做什麼？」費迪小聲地說：「他拿那個玩意是不可能看穿厚鐵的，不是嗎？」

「他是在檢查火門，」荷馬悄悄地解釋：「那個洞是拿來插入導火線的。大砲都是要導火線進去以後，才能點燃火藥。不過這砲這麼舊，火門可能已經生鏽堵塞了。」

亨利伸出左手，說：「給我竿子！」我趕快把專門用來清理槍管的竿子遞給他。他上上下下拉動著竿子，努力想把它塞進火門裡，可惜實在塞不了多深。亨利把它還給我，又說：「電鑽！八分之三鑽頭加延長桿。」我趕忙把這些東西遞給他。亨利將電鑽用厚紙袋包住，減低它啟動後的噪音，然後便把鑽頭插入洞裡。不出幾秒，他就鑽通了堵住的地方。於是他要我再把剛剛用的竿子拿來，繼續靠著他的手努力清理火門，一直到整支竿子都能伸到裡面去，他才停下來。緊接著，他又伸出了左手。

「給我那個長箱子，」他說：「拜託，要非常、非常小心！」

我在他帶來的一堆裝備中，找出那個黑色的長箱子遞給他，那箱子長得很像人家拿來放高級釣桿的容器。亨利在大砲上打開它，然後從裡面拿出一個捲曲的、會反光的長東西。他把那東西繞在手上，將一頭插入火門，再慢慢往洞裡推進，直到碰到他先前用膠帶做的記號為止。

「鉗子！」亨利說。

「鉗子！」我也重複一次。地上的墊子擺滿他帶來的各式工具，我交給他一個精緻的工具，這才看到那個長東西很像是條管子，一頭還懸吊在火門外。

亨利把鉗子夾在管子上，然後停下來擦擦汗。

「有人來了嗎？」他問。

「沒有。」我回答：「如果有，傑夫一定會說的。我們趕快做事吧！」

亨利再擦一下汗，繼續埋頭苦幹。我不斷將各種工具交給他，隨著他奇怪的「創作」越來越成形，亨利也漸漸興奮起來。他塞進火門的管子，現在看得出有兩條線，表面都包著絕緣體，底端則是細細纏繞的金屬線。亨利將這兩條線分開，把其中的一條旋入一個發亮的金屬圓柱體上，他叫我從乾電池牽一條

電線到那金屬體上。然後，他又叫我找放在地上的黑盒子給他。他自盒子裡取出一台很專業的相機，把長管裡的另一條線旋在相機上。他拿出他的筆型手電筒，開始檢查整個裝置。最後，他叫我把乾電池上的另一條電線勾到相機上。

費迪早就按耐不住他的好奇心，爬到砲架上看亨利在搞什麼把戲。「這是什麼鬼東西，亨利？你是要把大砲整個炸掉嗎？」他問。

亨利原本已經興奮到手有點顫抖，費迪這樣一問，讓他不是很高興。可是他努力要心平氣和地回答。

「這是一種胃鏡，」亨利說：「醫生利用胃鏡拍攝病人胃裡的狀況。如果你的胖臉可以不要動，臭嘴可以不要開，我們大概就可以照到幾張大砲裡面的照片了。」

費迪心不甘情不願地滑下砲架，嘴裡低聲罵著死天才之類的話。

亨利用這個特殊相機拍了四次，每一次拍完，他都會重新調整管子的長度。他利用鉗子把長管固定在火門洞口，他就可以拍到裡面不同深度的照片。而他每一次按下快門，我們就會看到一點閃光從火門口洩出。

「這東西的原理是什麼？」我小聲問他。

「其實很簡單。」亨利說：「這個金屬圓筒只是一個燈，至於垂到裡面的那條管子，則含有兩條各自獨立的光絲。一條把燈的光線帶進砲膛裡，另一條頂端則裝設了一片小鏡頭，會把映照出的光線傳回相機上。相機的光圈和光絲的直徑一樣，鏡頭則仍是一般的相機鏡頭。這樣光絲送回來的影像就會比原來放大，而我們也可以把它洗成普通的照片出來。」

「你真是天才！」我打從心裡讚嘆。

「我們很快就可以知道裡面到底有沒有東西了——」亨利停頓了一下，說：「如果一切順利的話。」

就在這時，黑暗中突然冒出一個非常響亮的打嗝聲。本來躲在樹影下監視的傑夫跨了出來，走向費迪。

「聽好，肥子！」傑夫警告他：「你再給我打一次嗝，以後只准你留在俱樂部裡看門！」

「不是我打的！」費迪喊冤說：「真的，我剛剛連嘴巴都沒張開啊！」

傑夫轉向我們。「那是你們當中的哪一個?」他問。

「我覺得是從那個方向傳來的。」費迪說，他的手指向東邊的南軍雕像。

傑夫跑過去那裡，他左右踢踢草叢，馬上又回到砲台前找我們。「我有個感覺，好像有不該出現的人出現在這邊了。」他說。他轉身看著之前站過的地方，突然又說：「等等，我有辦法了!」

原來傑夫看到林子不遠處有間園藝用的工具棚。只見他跑去開了門又跑回來，手上拖著一根長長的澆花水管。他湊到荷馬耳邊說：「你進到棚子裡，把水開到最大!」

荷馬才進去不到十秒鐘，一道強力水柱就從水管這頭噴出來。拿著水管的傑夫，此時卻有驚人之舉：他把水柱對準南軍雕像射去，而且還瞄準雕像的臉沖!雕像上的頭盔掉下來，滾入草叢，雕像也失去了平衡，整個摔到地面上。

更令人驚訝的事還在後面。掉到地上的雕像居然抬起了腳，唉呦叫了一聲，然後拔腿跑掉!在我們還沒來得及弄清楚是怎麼一回事前，它的身影就消失在山坡的密林裡。

傑夫得意地狂笑起來，他樂的在地上打滾，水管也不拿了，害我們全被噴得一身濕答答。荷馬急忙衝到棚子裡去關水。

「那傢伙怎麼跑得跟我親戚哈蒙一樣快？」費迪說。

「廢話，他就是你親戚哈蒙嘛！」傑夫坐在地上，笑著說：「他天一黑就在這裡等我們了。」

「你為什麼知道他在那兒？」我問。

「我跑回林子時，在雕像前面摔了一跤。」傑夫解釋給大家聽：「我記得那裡明明只有兩個雕像，我卻看到了三個。所以多出來的一個一定是假的。」

「聽起來有點毛毛的。」費迪說。

「這讓我想起『失竊的信件』，」亨利說：「我們這麼多人在這裡，有人站崗守衛，有人巡視灌叢；但是哈蒙卻能夠從頭到尾藏匿在我們中間。我一直都說他是個非常聰明的傢伙，你們實在應該學學他。」

「對！他是很聰明，聰明到知道今天我們做的每一件事了！」荷馬非常不爽地說。

「那可不一定。」亨利敲敲他的相機，說：「起碼他不知道我們拍到了什麼寶貝。」

這場小風波結束後，亨利把全部人集合在大砲前，繼續裝置各種設備。他從背包裡取出兩顆像大衣鈕子的東西，貼在大砲下側不容易被看到的地方。

「你貼的是什麼？」費迪問。

「這是用矽做成的紅外線偵測器。」亨利解釋：「這種東西對溫度的變化很敏感，一但有人接近，他的體溫就足以在矽裡面產生一點電流。憑這個小電流，我們可以激發一個迴路，開啟無線電信號機，送出訊號。只要我們在俱樂部裡裝上接收器，所有訊號都可以記錄在圖表裡。萬一有人在這裡出現，我們就曉得他出現的時間和停留了多久。」

「我們有辦法知道那人的身分嗎？」丁奇問。

「我帶了一些紅外線感應底片來。」亨利說：「我們再加一個相機到迴路裡，就有辦法同時取得影像了。而且，紅外線在黑暗中也是一樣感應得到哦！希望這樣取得的影像，足夠用來辨別身分。」

「天才、天才！」費迪這回是心服口服了。他說：「你這個科學家想得真是周到！」

我們把迴路的線架好，無線電信號機和相機都裝在大砲後面的一棵樹上，這才離開紀念場，一同回到俱樂部去。

我們一回到俱樂部，莫泰蒙馬上進到實驗室裡洗相片。亨利在燈箱上看剛沖洗出來的底片，我們全都圍繞著他，迫不及待地也想看個清楚。頭兩張底片裡什麼也沒拍到，但第三張就開始出現東西，在砲管壁邊好像有個皮包把手的樣子。

「這張再洗一張放大的照片出來。」亨利說：「看來裡面真的有什麼東西。」

莫泰蒙把那張底片塞到放大器裡，然後關掉所有的燈。他盡一切努力把影像放到最大，把焦距對清楚。我們全都屏氣凝神，深怕影響到他工作。莫泰蒙最後弄出一個又大又清晰的影像，我們終於看到亨利所說的東西。那的確是一個把手，把手的輪廓非常清楚；把手的正下方，也就是包包的最上面，貼了一個金屬製的名牌。名牌上刻著：EMS。

第二天一大早，我們就齊聚在俱樂部裡，討論接下來該如何行動。莫泰蒙依舊是無線電的負責人，他已經把接收器連接到可以畫出訊號的示波器上，然後坐在角落，檢查指針跑出的信號圖。他指著圖上一個突然高起的地方，興奮地說：「有人在半夜去過大砲那兒！」

「我猜我們走後，哈蒙又跑回去了。」傑夫說。

「我們上山去看看，有沒有拍到照片，」亨利立刻說：「也許就能確定那是誰了！」

偏偏這個時候，示波器上的指針又開始大幅跳動。我們站在那裡看了一分鐘的記錄。這其實有點好笑，想想看，那個爬上砲管的人以為自己是單獨一人，但遠在八公里外的我們，卻可以從紙上知道他的一舉一動。

莫泰蒙把無線電接收器的聲音調大，只要那個人一靠近大砲，我們就聽到無線電傳來的嗶嗶聲。

「我們走吧！」荷馬催促大家說：「趕快去看看這個人是誰。」

「早知道就裝支麥克風在那裡，這樣我們連人家說什麼都曉得了。」莫泰蒙說。

丁奇對費迪說：「搞不好只是幾頭牛在叫。」

「對對對！」費迪扮著鬼臉說：「莫泰蒙去裝支麥克風，就知道牛在說什麼了！」

其他的人不想再說廢話，大家只有興趣了解紀念場那邊的事，於是我們很快就上山去。此時依舊是大清早，我們把腳踏車藏好，分成兩批走上去，這樣就可以順便巡視紀念場兩邊的路。

當傑夫、亨利和我走到離砲台只有幾十公尺時，突然一聲槍響，緊接著子彈射到金屬再彈出的聲音，把我們三個嚇壞了！我們停在路上動也不敢動，直到亨利小聲地說：「聽起來像大支的來福槍——」

我們趕緊趴到地上。這時，又有兩個也是嚇壞的人從砲台衝了下來。在前面那個跑得較快的是哈蒙·摩頓，落在後面跑得東倒西歪的是亞伯納·夏普。夏普的領帶被風吹得亂七八糟，帽子已經不是戴在頭上，而是用手緊握在後腦勺邊。他們跑過我們身邊時，距離我們還不到一公尺；可是像那種可以打破奧運紀錄的速度，根本不可能看到身邊擦過去的東西。哈蒙飛也似地衝下布瑞克山，至於亞伯納．夏普，則大大摔了一個狗吃屎，像個油桶似地滾下山，帽子也掉到樹叢裡。

「哈，我猜他會比哈蒙更早到山下！」亨利一邊爬去撿帽子，一邊說。

「他真是會抄捷徑。」傑夫笑了出來，又說：「不過，大律師跑來這裡做什麼？」

「會不會是哈蒙把所有事情都告訴亞伯納，然後亞伯納想找出斯桂格鎮長跟這筆錢的關聯呢？」亨利說。

「錢？那也得先把它弄出來再說。」傑夫起身道：「走吧，去看看大砲究竟怎麼了！」

我們不敢再發出任何聲響，靜悄悄地穿過樹林往上爬。當我們就要到達砲台那片空地時，先停在樹叢中，偷偷觀察外面的動靜。我們看到一個又瘦又高的男子站在大砲旁，他正盯著山下的路看。因為陽光太刺眼，一隻手還遮在額頭前；我們清楚看到他右手握著一支老舊的來福大獵槍。

「是艾爾莫・普利金！」亨利極小聲地說：「剛剛那槍一定是他發的。」

「莫泰蒙說對了，」我說：「艾爾莫是個瘋子。但是，大砲怎麼會惹他生氣呢？」

「我不知道。我想我們還是趕快離開這兒！」傑夫在我身後說：「他一定就是那個半夜跑過來的人。」

我們繞過空地，集合了其他的人，匆匆往鎮上去。我們在舊城南路上騎著腳踏車，亨利對大家說：「我想這件事可能已經傳開了，我們要趕快行動。」

亨利的判斷沒錯。我們回到俱樂部時，黛芬・摩頓正在等我們。她到處都找不到荷馬，便到這裡來。那張漂亮的臉蛋，現在充滿憂慮。

「亞伯納・夏普知道舊砲和錢的事情了！」黛芬抱怨：「他一定會告訴新聞記者，那我的報告就沒得寫了！」

「他不可能知道所有的事的，」荷馬安慰她：「瞧，他還沒看到的東西在這兒呢！」他把我們放大的那張照片高舉到戴芬面前。

「其實，讓他看到可能也不是件壞事！」屋角傳來一句話。所有人同時轉頭朝角落看去，是亨利！他又靠牆坐著，望起天花板來。他不知想到什麼鬼主意，臉上浮出了邪惡的笑容。

兩個小時之後，荷馬和黛芬「剛好」經過圍在鎮議會會議室門口的人群。這些人好奇地偷聽亞伯納．夏普的談話，他正在要求鎮議員派人調查舊砲的疑團。此時，荷馬的講義夾卻「剛好」鬆開，掉了一張照片出來。本來在角落的哈蒙突然一個箭步蹦過來，撿走那張照片。他馬上溜進會議室裡，和亞伯納興奮地討論起來。

荷馬看了看哈蒙和亞伯納，便離開鎮議會，準備和其他人會合。亞伯納又繼續慷慨激昂地發表演講。他滿頭大汗，面紅耳赤，搖晃著哈蒙撿來的照片，努力陳述斯桂格鎮長祖父搶銀行的歷史，並且強調現在已經是鐵證如山了。

同一時間，我們其他的人也沒閒著。我們搭著查克．波尼菲的破卡車，從路況很差的火雞路上山。火雞路是從布瑞克山的後面蜿蜒上去的，亨利覺得這樣走較不會引人注意。查克一直暱稱他的破車為「轟轟理查」，他的駕駛技術可是一流的。要知道，開這種沒有動力方向盤的老車在山路上轉來轉去，可是很費力的。山迴路轉，他的黑帽子跟著顛簸的路面一起跳，雪茄的灰燼也飛到沾滿油漬的衣服上。此外，查克還有一項我們很佩服的本事，就是他不靠雙手，居然有辦法把雪茄從嘴角左邊移到右邊，厲害吧！

至於我們為什麼會找上查克，亨利和傑夫有他們的考量。亨利的計畫還需要許多笨重的器材，而查克的家永遠都堆放了各式的滑車、成堆的器具和廢五金，連垃圾車上拆下來的起重機都有，我們希望能從他那兒找到一些有用的東西。再說，查克力大如牛，口風又緊，我們對他十分放心。

傑夫對查克比一個手勢，查克立刻煞住「轟轟理查」。丁奇和費迪先跳下車廂，傑夫跟他們交代一下該注意的事情，就讓他們倆到林子裡去找瘋子艾爾莫·普利金了。他們倆的任務是要纏住艾爾莫，向他討教剝兔皮的技巧，以免他在我們工作時登上砲台。這事兒交給他倆辦，希望不會被搞砸。

「你們就表現得像平常一樣笨，一定會成功的！」莫泰蒙對著朝林子裡去的兩人大喊。

我們剩下來的人，便繼續搭著「轟轟理查」前行。查克載我們繞到了布瑞克山的後面，然後在樹林深處停下來。由這條路繞上山雖然遠，但是馬路離紀念場的距離要比舊城南路近的多，這裡只需要爬三十公尺就到了砲台。不過，我們帶的東西實在是太多，要走兩趟才搬得完。這時我們非常慶幸我們找了查克來，他可以輕易舉起兩條鐵軌枕木，把它們綁在一起揹到背上，走個十幾二十公里都不累。如果沒有合適的綁帶，他還會拆下吊帶褲的吊帶來用。今天幫我們搬這些，對他來說根本算不了什麼。

我們要搬第二趟時，荷馬也正好騎車上來了。他告訴我們在鎮議會發生的事，他說：「我想亞伯納絕對可以說服那些鎮議員，派人去打掉砲管裡的水泥。大家對他說的故事都很感興趣哩！」

「是嗎？太好了！」亨利說。

「我不認為他們有辦法在明天之前就上來。」傑夫說：「不過無論如何，我們還是一樣要加緊腳步。荷馬，幫我把那些東西拿過來！」

我們費了好大的力，終於把查克的起重機弄上來；又花了一番功夫，把吊桿撐到砲口。然後每個人帶著自己的斧頭，到林子裡去找枯枝當柴火；亨利特別交代，要那種不容易起煙的才行。而查克則趁這個時候，在砲口的水泥上鑽幾個孔，讓鐵鉗有辦法像冰塊夾那樣夾在水泥上。他把滑車的一端掛在鐵鉗上，也就等於掛在砲口的水泥上，另一端則先綁到樹幹。

把水泥塊弄出大砲並不如想像中困難，這全都要歸功於亨利聰明的頭腦。我們在舊砲下燃起一個熊熊的大火堆，莫泰蒙和傑夫用噴槍把砲口加熱。亨利則坐在一旁的石頭上，一邊用筆記本作計算，一邊注意著他身旁地上的電表。這些電表分別連接到好幾個熱電偶溫度線上。熱電偶溫度線可以量出物體的溫度，亨利將它們用石綿膠帶貼在砲管的四周，這樣，他就可以知道砲管各部位的加熱程度，然後算出砲管膨脹了多少。他坐在那兒，不斷指揮傑夫和莫泰蒙調整噴槍加熱的位置。

「我看已經差不多了。」我們終於等到亨利這句話。他接著說：「查克，可以拉了。慢慢來！」

查克拿起滑車一端的繩子，將它纏繞在他壯碩的臂膀上，同時左腳緊緊踩在地面。他用力拉著繩子，全身的肌肉都鼓脹隆起。我們先是聽到他嘿喝嘿喝的叫聲，再來就聽到一陣東西摩擦碎裂的聲音。太好了，是堵住砲口的水泥塊鬆動了！

我們全都歡呼了起來，當然也不忘替查克加油打氣。他捲起更多的繩子，重新調整一下腳步，再一次彎下腰來猛拉。他本來嘴裡還叼著一支雪茄，結果用力時牙關咬緊，竟然就這樣把它咬斷了。雪茄頭掉在他身後的草地上，可是此時，砲口的水泥塊也已經被拉出十五公分！

「再多加一些柴下去！」亨利說：「你們拿噴槍的，也要繼續加熱！空氣一旦進到砲管裡面，砲身可是會馬上變冷。」

荷馬和我往火堆裡丟柴下去，然後趕快跑到大砲的前方，幫忙調整起重機的纜繩。我們把吊桿移到砲口的上方，讓前滑輪的纜繩可以放到拉出的水泥塊下面；之後，查克每次拉滑輪，我們便把吊桿往前緩慢地挪動一點，隨時保持前滑輪的拉力，讓水泥塊可以自由移動。不久，後滑輪也可以弄到水泥塊下面了。接下來的工作就不再那麼費力，我們用走的，就把還在砲身裡的水泥塊也都拉了出來。

查克踏著疲累的步伐走回砲前，他伸出頭想要看看砲口。「小心！」亨利對著他大叫：「你會被燙死的！」

我們踢熄火堆，再丟了不少的沙土在餘燼上。傑夫跑到園藝工具棚拉水管，用水柱把砲管冷卻下來。我們噴了一段時間，等到砲身夠冷了才停下來。

傑夫拿一支手電筒給荷馬，說：「我們把你抬到砲口，你鑽進去看看砲膛那邊有什麼東西。」

「我真希望丁奇在這裡，」荷馬嘆息說：「這明明是他的工作！」

「你怕啦？」莫泰蒙問。

「我哪裡知道裡面會有什麼呀？」荷馬答：「萬一我碰到個死屍怎麼辦？」

「我看是你會嚇到死屍，不是死屍嚇到你！」莫泰蒙說著，便抓起了荷馬的腳往上抬。

我們全都湊過來把荷馬丟進去，他只得縮著身子，匍伏前進，往黑黝黝的砲膛裡爬。其實這是一尊口徑四十公分的羅門砲，他應該有足夠空間在裡面活

動的。他很快就消失在我們的視線中，但是我們聽得到他爬在砲管上的聲音。沒一會兒，我們又聽到他似乎在對我們說話，可是傳出來的只是轟隆隆的回音。接著他就開始往回爬，邊爬邊像個瘋子似地亂叫。

「我拿到袋子了，趕快把我拉出去！這裡熱得跟火爐一樣，我快悶死了！」

他的叫聲在山谷間盪來盪去，也許人在草莓湖都聽得到。傑夫和莫泰蒙拉動我們綁在荷馬腳上的繩子，協助他爬回砲口。他全身髒兮兮，汗從頭流到腳，但手上緊緊抓著一個發霉、快要散掉的皮包。

「裡面還有別的東西嗎？」亨利問。

「有！」荷馬揉揉眼睛，嘴角冒出一句：「有一大堆松鼠窩和幾千隻蜘蛛！」

我們想要當場打開皮包，可是它被鎖住了，亨利便把它交給查克。查克正倚靠在砲管邊，準備從隨身帶的雜物包裡挑根雪茄抽。

「查克，你有辦法打開這個皮包嗎？」

查克顯然覺得我們太小看他了。我們一群人蹲在皮包旁邊，他故意慢慢地晃過來，手指在右耳前的頭髮上撥弄了一下，一支像髮夾的工具便滑到他手上。這工具前端有個倒鉤，他先檢查一下皮包和鎖，便把倒鉤塞進鎖洞裡左右轉轉，皮包就這樣打開了。

亨利用力打開皮包，把裡面的東西通通倒出來。我們站在一旁看得傻眼：地上有二、三十捆銀行的支票和一堆零散的鈔票！

「這些不是真的錢，」荷馬拿起一張鈔票說：「你們看，哪有這麼大張的鈔票？這些都是假的！」

「嘿，這些是真的錢。以前的錢就是這麼大。」亨利冷靜地說。

「我們趕快數一數，然後離開這裡。」傑夫說。

大家趕緊蹲下來數錢，結果總共有七萬五仟元美金。

「啊，那真的是銀行的錢！」荷馬大叫：「老威利就是說不見了七萬五仟元美金！」

「我們接下來要做什麼呢？」莫泰蒙問：「雇一艘船逃到巴西去嗎？」

「我們要做的事可多呢，」亨利說：「真正好玩的現在才要開始。」他伸手進去他那百寶箱般的袋子找東西，最後抓出一個髒髒舊舊的皮包，跟我們從大砲裡找出來的皮包十分相像。「我剛好在俱樂部閣樓發現這個皮包。」他邊解釋邊把它丟進砲口，我們只聽見它一路滑到砲膛底。亨利的鬼點子，還真是永遠都用不完啊！

我們又重新加熱大砲，好讓砲管膨脹，水泥塊才比較容易塞回去。接著我們把一切行動的證據都湮滅掉，整座大砲看起來好像和昨日沒兩樣。然後大夥兒才把所有的器材搬回查克停車的地方

幸好我們把一切都清乾淨了。因為當查克載我們回到鎮上時，我們赫然發現：鎮上已經派出一隊工人去紀念場弄大砲了。

「我早該想到他們的動作會這麼快！」傑夫說：「明天就要選舉了，如果亞伯納．夏普要拿搶案作文章，他也只剩下今天可以行動。」

莫泰蒙和我實在很想知道亞伯納打算怎麼做，於是我們混在好奇圍觀的人群中，跟著那隊拆除人馬一起前往紀念場。亨利、傑夫和荷馬，則直接去銀行找威利先生。一時之間，我們竟然把丁奇和費迪給忘掉了。

在紀念場發生的事，差點沒讓莫泰蒙和我笑破肚皮。我們爬上一棵樹的矮枝頭，坐下來靜看紀念場，這裡視野好，又曬不到太陽。不像那些可憐的工人，早就汗流浹背了。他們全在努力弄出砲管裡的水泥塊，他們用拖來的空氣壓縮機接上兩個鑽頭，企圖把水泥一點一點地弄掉。但是他們越往砲管裡鑽，困難度就變得越高；最後工程實在進行不下去，只好派人回鎮上去拿面罩來。砲管裡的矽塵真的是太嚴重了，即使戴上面罩，工人進去一次也只能挖個幾分鐘，就得爬出來透透氣。結果，他們花了兩個小時才終於鑽通砲管。

負責這次清通砲管的是鎮上的工程師吉姆．卡拉漢，但是亞伯納深怕眾人忘記整件事是他提出的，不斷在大砲旁邊跑來跑去，不是對著工人發號施令，就是對圍觀的群眾發表演講。哈蒙．摩頓也不忘在旁邊參一腳，他忙著傳遞工具給工人，同時給他們一些建議。哈蒙當然是希望大家知道他對這件事有所貢獻。莫泰蒙和我坐在樹上，努力憋住笑意，免得引起眾人注目。不過每次亞伯納說了傻話，莫泰蒙就撞我一下，把我弄得痛死了。

等到工人好不容易鑽掉最後一點水泥時，已經接近傍晚了。哈蒙一直等在砲管附近，終於找到機會表現。他自告奮勇爬進砲管，去尋找裡面是否藏有東西。他不一會兒就爬出來了，手上真的握著一只舊皮包。所有圍觀的人這時都湊到前面去，亞伯納抓起那皮包，高高舉起給眾人看。然後，他發表了鎮上有史以來最短的演說。

他說：「大家跟我來！」

哈蒙帶著勝利的微笑，對莫泰蒙和我裝出一張鬼臉。我們就故意裝出根本沒看到他的樣子。

一大群的人都跟著亞伯納下山了，我們跳下樹走在人群後。亞伯納的敞篷車帶頭領著大隊車輛，浩浩蕩蕩地開回鎮上。他一路都高舉著皮包揮舞，簡直是在拉票。

車隊很快就回到鎮議會。亞伯納走到鎮議員面前，一路跟來的人大部分也都擠進會議室去看熱鬧。

「各位先生、女士，」亞伯納清清喉嚨說：「在本鎮這位青年才俊哈蒙·摩頓的協助下，我們已經找到一九一〇年銀行搶案的重大證據！這個謎團即將解開——」

哈蒙在旁露出一臉得意的笑容。

「首先，我想請大家先注意皮包上的名牌。」亞伯納說。

亞伯納低頭看看皮包，再抬頭看看大家；他又再低下頭去，把皮包拿在手上翻來翻去。皮包上沒有名牌。既然沒有名牌，更不會有印在名牌上的名字。

亞伯納整張臉扭曲了起來，他盯著哈蒙看。

哈蒙也只能做出一個愛莫能助的手勢。

「我發誓，這上面本來應該有個名牌的！」亞伯納硬是擠出一些話：「好吧，雖然名牌不知為什麼不見了，但是，真正重要的是這皮包裡裝的東西！」他從口袋裡掏出一支美工刀，三兩下就橇開了皮包上的鎖。他看都沒看就把皮包倒過來，裡面的東西全部傾囊而出，灑滿了整張會議桌。上百個紅白藍的競選徽章頓時映入所有人的眼簾，全場的人都笑翻了！亞伯納拿起一個徽章，看著上面唸出：「請支持斯桂格鎮長。」他的下巴已經氣到發抖了！

還有另一個驚訝到眼珠子都要掉下來的人，那就是斯桂格鎮長。他伸手拿起一個徽章看。

「怎麼可能有這種事？這些東西是怎樣跑到大砲裡的？」斯桂格鎮長跟所有人一樣不解。

「我懷疑有人在我們之前到過紀念場！他們這樣惡作劇，簡直是在侮辱我們堂堂的鎮議員們！」亞伯納雖然氣到臉色發青，但還是努力用最佳的姿態在演講。

「我看，在惡作劇的是你！」斯桂格鎮長說。

這時，銀行的總裁威利先生出現了。「各位先生、女士，請問我可以發言嗎？」他先請求鎮議員同意，然後起身說：「我想我可以釐清這整個事件。就在幾個小時之前，有幾個自稱是『瘋狂科學俱樂部』的成員來找我，是一個叫亨利·摩里根帶頭的。我相信各位應該還算熟悉他們，也知道他們過去在本鎮做的一些……嗯，好事。不過這一次呢，他們是真的替長毛象瀑布鎮做了一件好事。」

威利先生暫停發言，從桌子底下拿出了原本那個舊皮包。

「我想，這才是各位想要找的那個包包。」他一邊說著，一邊把它放在桌上。「今天靠近中午時，亨利．摩里根帶著這個包包來找我，他告訴我裡面有五十年前銀行掉的七萬五仟元美金。不過，我還沒打開這只皮包，因為我並沒有鑰匙。另一方面，我想現在也才是最適合打開的時機，我們當眾來弄清楚裡面有什麼，免得日後產生誤會。」

亞伯納．夏普把包包搶了過來。「這才是我說的包包！」他興奮地說：「你們看看名牌，這個縮寫『EMS』清清楚楚地印在上面。這該不會是鎮上名人伊力查．斯桂格的縮寫吧？這會不會就是他的皮包呢？哎呀，這只是一個無辜的皮包，怎麼會在五十年後跑出來騷擾他的後代、玷汙他的清白呢？」

斯桂格鎮長的雙手青筋暴露，緊緊抓著桌沿，整張臉一下子紅到了耳根。「光看這幾個字母，也有可能是艾莫瑞．夏普的包包。」斯桂格鎮長語氣還算平和地說。

就在這時，門口突然出現一陣騷動，原來是丁奇和費迪。他們努力從人群中擠出一條路，走到會議室前面，他倆的身後竟然還跟著瘋子艾爾莫．普利金。艾爾莫戴著頂破舊的獵帽，他的寶貝來福槍當然也沒有離開他的手。

丁奇擠到傑夫身邊，對他說了幾句悄悄話。然後傑夫走向威利先生，拉拉他的袖子，威利先生彎腰和傑夫低聲討論起來。亞伯納開始不耐煩地抱怨這些突然出現的人，斯桂格鎮長則是紅著臉，敲了敲議事槌，請求大家安靜。

威利先生終於再一次起身發言：「各位先生、女士，」他說：「我現在又有一些更重要的證據。我想大家都認識艾爾莫．普利金，他與這件事有一些關係。可是因為他不習慣在大庭廣眾下講話，我就代為發言。」

威利先生請艾爾莫到前面來。他拿起皮包問：「艾爾莫，請你告訴我，你有沒有看過這個皮包？」

艾爾莫搖搖頭。

「你當然沒見過。」威利先生繼續說：「它被放到大砲裡時，你根本還沒有出生。」他指著艾爾莫的脖子問：「你脖子上掛的是什麼？」眾人的眼光移到艾爾莫身上。從他的衣領口，的確可以看到一條細細的金鍊子。

「這是一支鑰匙。」他小聲地說，也把整條鍊子拿了下來。

「可以借我一下嗎？」威利先生拿過鍊子，再給所有鎮議員傳著看。「各位，請大家注意看，這隻金鑰匙上也刻著『EMS』，而且字體和皮包名牌上的縮寫一模一樣。」威利先生轉頭問艾爾莫：「請問你母親的名字是什麼？」

「伊麗莎白。」艾爾莫答。

「各位先生、女士，」威利先生接著說：「如果在座有人年紀和我一樣大，應該還記得賈克柏．普利金娶了一位名叫伊麗莎白．瑪格利特．薩爾君的女孩，她是來自虎克角的薩爾君家族。這位可憐的少婦，生下孩子後就過世了。這孩子就是艾爾莫．普利金。」威利先生又回身問：「艾爾莫，你父親給了你這把鑰匙，可曾吩咐些什麼？」

「他叫我要隨時帶著它，」艾爾莫答：「也許有一天，這支鑰匙會帶給我一大筆財富。他還告訴我，要好好看守紀念場的大砲。我到今天都還記得他說：『你要看好那門大砲！』」

「他為什麼要你看好大砲呢？」

「我不知道。他就是叫我不要讓人去動它。」

「各位先生、女士，」威利先生開始整理得到的證據給大家聽，他說：「我想到現在，關於發生在一九一〇年那件搶案的真相，以及紀念場那尊舊砲的秘密，都已經呼之欲出了。這裡這個上面有『EMS』名牌的皮包，根據亨利・摩里根和他朋友的說法，的的確確是在舊砲裡找到的。他們怎麼把皮包弄出來，我是不清楚，我個人倒很希望他們能向大家報告一下，只要不影響到他們的什麼特殊秘密就好。」

威利先生接著把鑰匙還給艾爾莫，說：「我希望你試試看，這支鑰匙能不能打開這個皮包。」

「等一下！」亞伯納・夏普跳起來。

「坐下，亞柏納！」斯桂格鎮長壓著他坐下來。

艾爾莫・普利金用手指擦擦鑰匙，有些害怕、又有些謹慎地看著全場。然後他輕輕放下他的來福槍，把鑰匙插進了皮包上的鑰匙孔，皮包豁然開啟。威利先生把皮包裡的所有東西都倒到會議桌上，全場響起一陣驚嘆。威利先生拿起了其中兩捆支票，仔細地檢查。

「毫無疑問，這是從本銀行拿走的錢！」威利先生手裡翻動著另一疊鈔票，他接著說：「還有一件毫無疑問的事：知道這皮包位置又擁有鑰匙的，是賈克柏・普利金。各位，我想現在已經可以說，他才是搶銀行、偷老斯桂格的馬的人！」

亞伯納此時就像一座爆發的火山，帶著盛怒離開位子，氣沖沖地走出去，他的背上還貼了一個「請支持斯桂格鎮長」的徽章，全場的笑聲一起送他出門去。如果這時有人注意到斯桂格鎮長，就會發現他也在偷笑。

會議室才剛安靜下來，就聽到艾爾莫悄悄地問：「我爸爸做了壞事嗎？」

「恐怕是真的。」斯桂格鎮長說：「但是這一切都發生在你出世之前，錯並不在你。再說，現在錢全部都找到了，我們很高興你這麼勇敢，站出來告訴大家真相。」

「是這兩個孩子叫我出來的。」艾爾莫指向丁奇和費迪，說：「那個臉上長滿雀斑的小男生，在我彎腰剝兔皮時，看到露出來的鑰匙，就一直纏著我問鑰匙是哪裡來的。他是我見過最可愛的小孩了！」

「現在，還有一件事要處理，」威利先生插嘴進來，他清清喉嚨說：「有位年輕學生黛芬・摩頓提醒我，當年銀行曾經懸賞二十萬元的破案獎金。我想，銀行的股東們都會同意，這懸賞至今仍然有效。」

威利先生提到獎金，所有人都開始鼓譟。「大家聽我這邊！」威利先生請求大家安靜。

「我現在要宣佈，」他說：「理論上，這筆獎金應該要頒給瘋狂科學俱樂部的成員和黛芬・摩頓。可是我和他們討論過後，他們希望能把這獎金分為兩半，一半給艾爾莫，另一半給州立大學的醫學院。我是不知道醫學院跟這整件事有什麼關係，但我想銀行的股東們是不會有意見的。」

幾天之後，我們一起爬山到艾爾莫的小屋，因為那天斯桂格鎮長和威利先生要過來發獎金。亨利也送給艾爾莫一張照片，那是我們第一個晚上用紅外線相機拍到他的照片。艾爾莫接過照片，抓了抓頭髮。

「我怕黑，天黑後我都不敢出門。」他停了一下，又說：「但我還是要謝謝你給我這張照片，上面的人好像我老爸！」

此後，再也沒幾個人敢去紀念場野餐了。

離奇的空中飛人

丁奇・卜瑞和費迪・摩頓在鎮上的垃圾場，發現了一個假人。這假人的臉上有一點磨損，可能因此才被百貨公司丟掉的吧。不過，它仍然是一個相當好看又完整的假人，跟那些放在展示櫥窗裡的沒什麼兩樣。丁奇和費迪決定要把它帶回實驗室，兩人拖了好遠一段路，才回到了傑夫・克羅克家的穀倉，也就是我們俱樂部所在的地方。

他們兩人這樣做，卻惹得亨利・摩里根不大高興。他說俱樂部裡面不應該堆滿垃圾，於是我們又用俱樂部的老方法——表決，來決定是否要保留這個假人。結果亨利輸了，因為荷馬・斯諾格提出了一個更有趣的建議。荷馬可是和傑夫、亨利一樣足智多謀的，他認為保留假人下來，可以作為解剖課的教具；

而趁這個機會，正好把解剖課納入我們的訓練課程裡。

我們在會議中，順便交給費迪和莫泰蒙．達倫坡一個任務：在假人表面畫上血液循環系統。但是這兩個懶人，拖了幾個月也沒動。最後大家看假人看得實在很煩，莫泰蒙才拿一個尼龍絲襪，套在假人頭上，還稱它為「隱形人」。這名字的確取得不錯，我們就這樣戲稱了它一陣子，直到亨利又想出一個好主意。

那一天，我們到達俱樂部時，亨利已經在裡面了。他坐在穀倉正中央的一張椅子上，瞪著假人一直看，彷彿他從來都沒有看過它一樣。他出神地看了許久，然後把眼鏡移到頭上，又開始看起天花板來。

只要亨利一出現這個招牌動作，俱樂部便會陷入一片沉寂。我們都知道，那代表亨利正在全心思考。他說過，做這個動作會讓更多血液流到腦袋，他就可以構思各式各樣的事情；只要他再把頭放回來，最棒的點子便會一躍而出。

這一次當然也不例外。亨利好不容易把視線拉回到我們身上，說出了他在想的事情。而這一次，大概是我們聽過他最瘋狂的主意了！

「我想把這個假人弄到天上飛。」亨利說。

「你說什麼？」丁奇驚訝地大叫：「你瘋啦？還是你腦袋瓜有問題？」

丁奇實在不應該這麼說，不過，他倒是很識相地馬上就閉嘴。

「這簡單得很，」亨利擦著眼鏡說：「我想我有辦法讓它飛起來。如果弄得好的話，還可以變成一個大新聞。」

「那我們就別再叫它隱形人了。」莫泰蒙說：「乾脆叫它飛行魔術師！」

「搞不好空軍會頒給它一個飛行獎章，它就有東西可以戴了！」費迪說。

「別再開玩笑了。」我們的主席傑夫，終於打斷大家的談話。大夥兒全都靜下來，等待亨利進一步說明。

「下禮拜是創鎮紀念日，」亨利說：「到時候鎮上會有一大堆紀念活動，還有演講啦、花車遊行等等。我們就在那時秀出這個假人，一定可以搶掉其他表演的鋒頭。至於地點呢，你們都知道漢娜・金寶的紀念碑在哪兒吧？」

漢娜・金寶是長毛象瀑布鎮的女英雄，關於她的傳說很多。有人說她就是這個鎮的創立者，不論這說法對不對，她的確是最早來到這裡的拓荒者之一。

她最有名的事蹟，是她為了保護家園，只憑一支短槍和一個稻草人就擊退了整個印地安部落。據說，她在一根長棒子上綁上稻草人，把它穿過煙囪高舉起來；印地安人不斷朝著屋頂上的「人」射箭，只見「他」身中數百箭還能不斷揮舞雙臂，印地安人就通通被嚇跑了。

亨利將他的計畫簡單地告訴大家，我們便著手進行各項準備工作。接下來的這幾天，我們把假人內外整型了一番。我們在假人背上鑽一個洞，然後裝兩個無線電接收器到它體內。我們弄一個小擴音器在喉嚨處，再幫假人全身穿戴整齊。這些工作完成後，這假人看起來就和鎮上的一般居民一模一樣。

創鎮紀念日前一晚，我們一切準備就緒，在俱樂部裡面集合好，齊力把假人挪到鎮上廣場去。

丁奇的小臉卻整個皺了起來，他問：「我們要怎樣把這麼大的人拖上紀念碑去？那個碑又高又陡，連我自己都爬不上去哩！」

「傻瓜，簡單得不得了！」費迪不屑地回答。

「哦——你也懂？」丁奇反擊說：「世紀大天才，你打算怎麼做？」

「簡單、簡單，」費迪說：「我只要把他交給天才中的天才——亨利就行了。」

費迪轉頭，伸手對亨利鞠一個躬。

亨利當然也不負眾望，馬上把他的妙計告訴大家。

漢娜・金寶的紀念碑，位在鎮公所正前方的公園廣場中，是一個平平直直的大理石柱。石柱頂端，立著手持短槍的漢娜雕像。頂端的平台表面除了雕像外，大概還有一個人可以站的空間。問題是柱子實在太高了，沒有人能爬得上去。還好公園兩邊各有一根電線杆，都比紀念碑高，又和紀念碑位在同一直線上，亨利便打算利用它們來搬運假人。

當我們到達公園時，已經是深夜了。我們帶了一段長約一百公尺的鋼絲，先用鋼絲套一個活圈在假人脖子上，再綁上一段曬衣繩，作為等一下要調整位置的引導線。然後我們派兩個人，各拿著鋼絲的一頭，爬上電線杆，把鋼絲橫過最上面的腳踏板再垂下來。這時，我們從地面把鋼絲拉緊，套在鋼絲中間的假人經這一拉，就被拉到空中去了。我們再利用引導線來調整角度，沒花多少力氣，就把假人放到紀念碑頂上。最後我們放鬆鋼絲的一端，因為剛才綁的只是一個活圈，整條鋼絲便輕易抽了出來，就剩假人自己站在上面了。

第二天，就是創鎮紀念日。一大早，我們先確定假人仍舊是雙手放在背後，好端端地站在紀念碑頂上。因為紀念碑四周被公園的大樹環繞，所以還沒有人發現異狀。所有慶祝活動都正常展開，一支樂隊帶領著遊行隊伍，從檸檬溪上的橋出發，十點整就要到達紀念碑了。

莫泰蒙、亨利和我，此時並不在公園裡。荷馬的爸爸開了一家「斯諾格五金行」，地點就在鎮公所旁，所以我們三個是躲在五金行三樓的閣樓裡。透過這裡的兩個小窗戶，可以把整個廣場和紀念碑附近看得清清楚楚；我們的無線電發射器材，也都已經帶到這裡來。而荷馬本人，則是混到廣場裡去，好向我們報告那裡發生的事。我們昨晚還在附近裝了一些隱藏式麥克風，如此一來，連人們的談話也都聽得到。

遊行的車隊朝紀念碑接近了。斯桂格鎮長和紀念日籌備委員會的人，都在樂隊後面一輛古董敞篷車上。鎮長站在後座朝群眾揮手，努力對每個方向露出微笑。樂隊的音樂聲和群眾的歡呼聲響徹雲霄；突然間，一個更響亮的聲音卻冒了出來。

「鎮長，小心，我要跳下去了！」

這聲音是從假人身上發出來的，其實是莫泰蒙在講話。

鎮長坐的車緊急煞住，害得只顧揮手的他差點摔到前座去，多虧了那些籌備委員把他抓住才沒事；他們的動作，就好像軍人在捍衛國旗一樣。斯桂格鎮長好不容易站好，抬頭尋找聲音的來源，馬上看到了站在紀念碑頂端的假人。

鎮長生氣地拿起雨傘，指著假人問：「年輕人，你是怎麼爬到上面去的？」

「我，我是飛上來的！」假人說。

鎮長聽了，看看身旁的籌備委員們；籌備委員們看看警長，警長只好又看看鎮長。斯桂格鎮長清一清喉嚨，兩頰鼓脹了起來又縮回去；就這樣一會兒鼓、一會兒縮了好幾次，每個人都知道他是說不出話來。他終於決定靠到普特尼警長身旁，兩個人開始嘀嘀咕咕起來。

「我們大概是碰上一個瘋子了。」斯桂格鎮長輕聲說。

「我想也是，」普特尼警長聲音更小地說：「搞不好我們不理他，他就會走了。」

「你別傻了！」斯桂格鎮長回說：「這種人才不會自己跑掉，我們一定要想辦法把他弄下來！萬一他把整個典禮都搞砸就不好了。」

「那麼，請問長——官——，您有何指示？」警長故意問。

「你是警長，」斯桂格鎮長說：「人民付你薪水，就是要你這個時候發揮作用！」他話一說完，又開始向群眾揮手微笑。

假人這時卻開口了：「鎮長先生，你剛剛說我是瘋子嗎？」

斯桂格鎮長抬頭看他，鼓頰癟嘴的表情又出現了。

「我不是瘋子，我是墨西哥跳跳豆！」假人說：「想不想看我跳？」

這時候，紀念碑下方已經擠滿了群眾，人們爭先恐後地想看清楚上面究竟發生了什麼事。站在車上的鎮長作出手勢，希望群眾能安靜下來。

「各位女士、各位先生，」鎮長竭盡所能地大聲發言。

「各位女士、各位先生，」假人也學著鎮長說。

鎮長抬頭瞪著它，狠狠地說：「你閉嘴！」

「你閉嘴！」假人也重複一次，全場哄堂大笑。

「各位鄉親父老，」鎮長說。

「各位鄉親父老，」假人也說。

「我在這裡請求大家，不要理會紀念碑頂上的那位仁兄！」鎮長說：「大家都知道，我們的警長哈洛德．普特尼非常能幹，他會偕同消防隊，確保那位人士安全地下來！」

假人卻大叫：「如果他們膽敢靠近我一步，我就往下跳！」

斯桂格鎮長一時接不上話。

「請大家不要理會那位不幸的仁兄！」鎮長只能開始重複說過的話，他想了想後又說：「他需要我們的關懷和協助。」

假人又大叫：「我才不需要什麼協助哩！需要協助的是你！」

這時候，亨利和我已經在閣樓裡笑得東倒西歪了。我們笑得讓代表假人發聲的莫泰蒙再也講不下去。他只好先關掉發射器，等我們兩個平靜下來。群眾紛紛圍到鎮長的車旁獻計，說他們有方法把那人弄下來；坐在看台邊的兒童則是拼命叫囂，要假人跳下來給他們看看。

我們注意到麥克・柯克倫也在場，他是布雷克街上那家撞球店的老闆。他身穿格子西裝，頭帶帽子，正沿著群眾邊緣走動。

「我猜他一定在跟人打賭假人會不會真的跳。」莫泰蒙說。

「等他看到待會兒發生的事，我看他的賭金要怎麼還！」亨利說。

聽他這樣說，我便問：「那我們什麼時候要讓假人活動、活動？」

「等消防隊來吧。」亨利說：「我猜他們是要出動雲梯來救他。」

莫泰蒙卻建議說：「我們乾脆等到麥克賭金收得差不多了，再動！」

亨利打開無線電對講機，喃喃自語：「我們最好先跟傑夫和其他人聯絡上。」

按照我們的計畫，傑夫、丁奇和費迪應該已經在草莓湖的西邊了。亨利透過無線電，很快就找到他們。他們正坐在一座小山頂，用望遠鏡觀察鎮公所前的動靜。亨利看看鎮公所屋頂上的風向計，判斷出風向，然後建議傑夫他們往南邊一點的山移動，這對我們接下來的計畫相當的重要。

我們重新注意廣場上的發展，此時人潮依舊擁擠，人們對著假人指指點點，有的還不斷對他喊話。假人卻只是手揹在身體後面，微微靠著漢娜・金寶手上的槍，一點反應也沒有。我們昨晚把他放成那個姿勢，他現在當然就還是那個樣子囉。

雲梯車的警笛聲終於由遠而近地傳來，大車開到人群中間停了下來。雲梯開始動作，斯桂格鎮長終於下車，揮舞著他的帽子指導雲梯就位。

一堆人忙著在操控巨大的雲梯車、調度雲梯升降。斯桂格鎮長站在車旁，對假人大喊：「這位先生，你現在要不要下來了？」

「你可以答應我，不咬我嗎？」

群眾冒出一陣爆笑。斯桂格鎮長脹紅了臉，清清嗓子又說：「年輕人，我是不會咬人的。你現在乖乖下來，沒有人會傷害你！」

「我不爬梯子！我是老鷹！」假人大叫。

斯桂格鎮長再次脹紅了臉，他現在想讓群眾先安靜下來。

誰知假人卻對著他狂喊：「你要看我飛嗎？」

一直在替假人出聲的莫泰蒙，此時用盡他最大的肺活量，學灰狼嘶吼了一大長聲：「啊——嗚嗚嗚——！」

「別跳、別跳！」斯桂格鎮長急壞了，大叫：「你等一下！」

鎮長回頭看看身旁的紀念日籌備委員，籌備委員又轉頭看看普特尼警長，警長則是別過頭，看著管區警察比利．道爾。道爾留著兩撇長長的八字鬍，老是穿著一件過膝的外套，身體後面懸著他的警棍；當他走路時，警棍就像根尾巴似地在後面晃來晃去。現在他發現所有人的目光都集中到他身上，他的警棍就晃得更厲害了。他假裝警長看的人不是他，故意往身旁左顧右盼。

普特尼警長當眾宣佈：「現在道爾警察要上去救那個人！」

「很好，普特尼警長。就派他上去！」鎮長點點頭，所有的籌備委員也跟著點點頭。

比利．道爾本來裝作沒聽到的樣子，但他知道長官的命令終究不可違抗，還是認命地爬上雲梯。他非常小心、非常謹慎，好像很怕自己也會摔下去。不過才爬了三階，他就停下來了。

他拿起警棍往上指，兇巴巴地說：「你這傢伙，現在就給我下來！」

「如果你再上來一步，小心我拔斷你的兩撇鬍子！」假人回話。

群眾又是一陣狂笑。這下斯桂格鎮長真的生氣了，他拿起雨傘猛力去戳道爾警察的褲腳。

「道爾警察，叫你上去就上去！快一點！」鎮長不耐煩地說。

「沒有辦法，鎮長先生。」道爾警察抱怨說：「報告長官，我有懼高症。」

「哦，老天爺！」

就在斯桂格鎮長哀聲歎氣時，消防局長也已經到達現場。他向警長詢問一下狀況後，警長隨即湊到鎮長身邊，兩人低聲說幾句話，我們完全無法收到他們的談話內容。只見鎮長點一點頭，突然就衝出四組人馬，朝紀念碑的各個方向撐開一張超級大的救生彈跳網，許多群眾一起幫忙拉住網子。然後，兩個消防隊員開始往上爬；後面第三個人，則拿了件用來五花大綁犯人的約束衣。

我有點擔心地問：「亨利，現在要怎麼辦？」

「莫泰蒙，再鬧他們一下。」亨利說：「只要他們再接近一點點，我們就把假人放掉。」

莫泰蒙靠近麥克風，大吼：「全部給我下去！你們誰敢上來，我馬上跳下去！」

三個消防隊員都停下腳步，斯桂格鎮長火大了。

「你們上去呀，」消防隊長率先打破沉寂：「如果他真要跳，網子總會把他接住的。」

「那誰來接住『他們』？」假人問。

消防隊員又停了下來。這回，消防隊長花了更多唇舌，才說動三人繼續往上爬。他們安靜又緊張地爬著雲梯，誰也不敢出聲，深怕一不小心會激怒了紀念碑頂上的瘋子。

當消防隊員爬到距離頂端只剩三階時，莫泰蒙又大叫了一聲：「啊——嗚嗚嗚嗚——」亨利立刻將發射器的頻率轉換，調整到由假人肚子裡的接收器負責收訊。霎時間，一個有如國慶煙火般的爆炸發生了，假人的肚子背面同時射出一包東西。等大家看得清楚時，假人已經從紀念碑頂端躍下。他落到大約紀念碑一半的高度時，便開始在半空中搖搖擺擺，好像懸掛在什麼結實的纜線上。然後，他背上的那包東西逐漸膨脹，變得像顆氣球一樣。氣球越來越大，開始慢慢地往上飄升。

雲梯上的消防隊員可是嚇呆了，大批群眾一時也全都說不出話來。氣球脹到無比巨大，又正好抓到一股氣流往上爬升，整個假人便騰空飛起，離開了紀念碑表面。假人不斷大喊：「我是老鷹！我是老鷹！」然後以很快的速度升空，飄過廣場上方，朝著草莓湖過去。

站在閣樓窗口目睹一切的亨利、莫泰蒙和我，高興得又叫又跳。我們互相拍打對方，大聲狂笑，一直到手都拍痛了才稍稍平靜下來。我們的噱頭耍得實在太成功了，再加上亨利設計出的神奇飛行魔術，害得其他紀念日的遊行表演都顯得黯然失色。這套飛行魔術的道理其實很簡單，我們綁了一個小膠囊在假人背後，裡面裝的是由壓縮氦氣充氣的氣象氣球；亨利另外裝上一個二氧化碳的氣槍在膠囊外，當無線電訊號進來時，氣槍引爆便刺破了膠囊，所以氣球就能冒出來膨脹變大。

至於廣場上的群眾，已經陷入一片混亂。人群不再集中在一起，大家散開來往旁邊的街道跑，都想看看氣球飛人到底飛往哪裏去。只剩下本來沿路和人打賭的麥克・柯克倫，孤伶伶地站在廣場中央。他頭上的帽子被撞掉了，他撿起帽子，咬著帽緣，似乎想搞清楚究竟該怎麼辦。

莫泰蒙低聲問：「不知道他賭金的賠率到底開多少？」

「這邊的事已經告一段落了，莫泰蒙。趕快接上無線電！」亨利恢復鎮定，命令他說：「馬上聯絡傑夫，不然我們就要損失大半套無線電設備了。」

莫泰蒙趕緊打開我們的無線電，聯絡上傑夫。亨利則負責監聽警察用的頻道，注意他們會有什麼措施。我留在窗口，用望遠鏡和羅盤觀察假人的動向。它現在飛得相當高，而且就如同我們規劃的，正要飛過草莓湖的上方。

一直混在廣場裡的荷馬跟我們報告說，斯桂格鎮長現在可是慌亂極了。他下令民兵進入戒備狀態，並且叫普特尼警長通知在西港空軍基地的空軍。

亨利攔截到普特尼警長對西港空軍基地的通話。他請求兩架直昇機支援，跟蹤飛人直到他降落為止，以確保事情發展有妥善的結果。西港空軍基地的接線生，一開始根本不相信警長的話，但他答應會把這件事傳達給基地指揮官馬其上校。兩分鐘後，我們在緊急頻道收到西港空軍基地發出的訊號，馬其上校已經通知他轄內所有的崗位注意了。

「基地報告！基地報告！一個身分不明的飛人，正從長毛象瀑布鎮往西邊飛去，目擊者包含長毛象瀑布鎮警察局以及一位飛機駕駛。正確方向和高度目前不明，基地和地方機場都不曾接獲任何飛行報告。如有最新發現，請速向基地報告。所有崗位保持警戒狀態。報告結束。」

我們聽到這段話，嚇得跳了起來，差點要把閣樓的屋頂撞破了，亨利更是冒了一身冷汗。

「我們要趕快行動。」亨利說：「千萬別讓馬其上校發現我們是主使者，不然我們就吃不完兜著走了。」

一分鐘後，亨利冒了更多的汗出來。因為西港空軍基地已經通知轄下電台，他們派出兩架偵察機和一組直昇機，去追蹤那個身分不明的飛人。

「你可以報告一下假人的位置嗎？」亨利非常緊張地問我。

假人正好在一大片雲的前方，所以我還可以很清楚地看到它。我低頭看了一下羅盤。

「大約是在兩百六十五度方向。」我說：「我看它應該是會朝這個方向，繼續往草莓湖飄去。」

「那就好。」亨利說：「這樣我們的時間應該還夠。」

他在地圖上畫出一條線，抓過無線電呼叫器。

「全能宰相呼叫軍機大臣！」

「收到，全能宰相！這裡是軍機大臣。」

「傑夫，你們現在立刻回到剛剛那座山頂，我估計你們還有六分鐘的時間！假人現在朝著兩百六十五度方向前進，從你們的方向是八十五度。你們只要一看到他，馬上就通知我。還有，他通過你們頭上時也要報告，我才能按下開關。」

「亨利，你實在是出難題給我們！報告完畢，立刻出發！」

廣場四周到處都響著警笛聲，全鎮的救護車似乎都出動了，一致朝著草莓湖的方向行駛。許多其他的車輛也跟著過去，還有一些車則往湖北邊的路開，他們可能是判斷飛人會往那裡過去。斯桂格鎮長仍舊留在紀念碑旁，手持雨傘比來比去，試圖要指揮救援行動。這個時候，沒有人記得創鎮紀念日還有一堆活動要進行。

「你要把這整件事交回到斯桂格鎮長身上。」莫泰蒙說：「他現在已經將全鎮都動員起來了。」

「我沒料到他處理得這麼迅速。唉，這樣增加了我們的難題。」亨利說。

傑夫的聲音從無線電那頭傳過來：「軍機大臣呼叫萬能宰相！聽到請回答！」

「這裡是萬能宰相！請說。」

「我們已經回到原來的山頭。」

「你們看得到假人嗎？」

「是的。他正朝湖這邊接近，方向大致是對著我們過來，不過我們必須朝右邊的山下移動一點。在我給你信號前，千萬別動開關！」

「好，我們靜候消息。」

「接下來的事將會萬分驚險。」亨利正經地對莫泰蒙和我說：「那兩架偵察機馬上就要飛到湖邊了。如果直昇機靠近了假人，我們的計畫就會毀了。」

「我們千萬不要惹到馬其上校，」莫泰蒙憂慮地說：「他一直對我們蠻好的。」

亨利歎了一口氣，說：「我最擔心的就是這個。」

現在廣場像一片死寂的沙漠，連斯桂格鎮長都走了。他加入搜尋的隊伍，希望能在草莓湖西邊的林子等到飛人降落。我持續鎖定假人的動向，把觀察到的飛行方式和位置隨時報給亨利。

兩架偵察機已經遠遠地在假人上方盤旋，我可以看到北邊也有兩架直昇機，從西港空軍基地朝南飛來。再過四分鐘，他們就會到達湖的另一側了。

「要快一點了！」我對亨利說：「直昇機也要到了。」

就在此時，無線電又傳來傑夫的聲音。

「亨利，假人距離我們很近了。你現在隨時可以按下開關！」

「好！」亨利回答：「不過你們在林子裡要隱藏好，動作更要快。現在已經有兩架偵察機跟在假人上方，還有兩架直昇機馬上就會到。」

亨利按下了大型無線電發射器上的一個開關，然後趕快跑到窗邊和我一起觀察外面。我們看到氣球突然劇烈震動起來，而且開始洩氣。亨利裝在假人裡的另一個接收器，連線到氣球裡的一點火藥，經亨利遙控後，便在氣球表面炸出一個小洞。假人快速地往地面下墜，扁掉的氣球更整個覆蓋在它身上，然後它就消失在我們的視線中。

接下來發生的事情，都是由傑夫透過無線電跟我們說的。假人掉落的速度遠比想像中還要快，傑夫、丁奇和費迪看著它搖搖晃晃地往山頭一邊偏斜下去，離他們還有一小段距離，只能祈求假人掉在較軟的地方，不然裝在裡面的器材就全毀了。他們火速衝下山，正好在林子裡看到假人掉下來。氣球卡在一棵樹的枝頭，假人則被吊在氣球的纜繩上，離地懸空約六公尺高。

「趕快爬上去切斷氣球，不能讓任何人看到它！」傑夫大叫，拼命把丁奇推上樹。丁奇像隻野貓般爬上樹，他的動作有如狐狸般敏捷，身材又瘦小得足以鑽過任何濃密的樹叢。沒幾秒鐘，他就把氣球切離開樹枝，讓守在樹下的傑夫和費迪接住了假人。丁奇又像隻猴子般溜下大樹，三個人趕快跑到附近一個山洞去，他們的腳踏車都藏在那裡。

這山洞並不是一個天然的山洞，它是個廢棄鋅礦場的坑道，現在裡面已經雜草叢生了。不過，這裡還有一條鐵路支線可以通往舊碎石機，那條荒廢、生鏽的鐵路往北延伸，會接到在海亞瑟鎮外的鐵路去。

三個人，或許該說四個人從山洞出來時，已經都變裝了。假人被換上一身童子軍服，其他三人也都穿了一樣的制服，騎著腳踏車離開。丁奇和費迪幫忙把假人放到傑夫車子的後座，讓假人的雙手環繞在傑夫腰上，小心地綁好它。他們再揹上背包和釣桿做掩飾，裝成一副剛露營完要回家的樣子。然後就沿著廢棄的鐵路，由傑夫帶頭下山。

當他們騎到了火雞路，也就是湖北邊的那條路時，開始碰到一些前來搜查氣球飛人的車隊。那輛本來在遊行中載著斯桂格鎮長的古董車，也出現在前面一個轉彎處。

「喂！孩子們，讓路、讓路！」斯桂格鎮長大聲命令：「這是緊急狀況！」

「是的，先生。」丁奇說：「我們正在盡力趕回鎮上！」他一邊說，一邊奮力踩著踏板。

「你們在這附近有看到一個穿藍衣服的人嗎？」斯桂格鎮長對著費迪問。

「沒有，鎮長大──人──！」費迪大聲地回話：「我們沒看見半個『活人』！」他可沒有說謊，假人又不是活人！

傑夫三人又騎了四百公尺，便遇到另一輛藍色的空軍專車。這輛車經過他們身旁後，又立刻停下來；駕駛將車掉頭，開到努力加速前進的傑夫旁邊。這時，馬其上校的頭從後車窗探出。

「孩子們，你們好！」上校說。

傑夫對上校招招手，臉上很勉強地擠出一個笑容，雙腳繼續踩著踏板。丁奇也想向上校敬禮，可是腳太短只能站著踩踏板的他，手一舉起來便差點摔個大跤。結果真的被馬其上校攔截下來的，是騎在最後的費迪。

「傑夫後座載的是誰？」馬其上校問費迪。

「喔，那個人啊！他，他是我們的朋友。」費迪支支吾吾地說：「他現在寄住在亨利．摩里根的家。」

「亨利？他就住在長毛象瀑布鎮呀。」

「很好、很好。」馬其上校接著問：「他是打哪裡來的？」

「這我知道，」上校說：「我是問你那個男孩。」

「喔，他呀！我不清楚耶。」費迪又吞吞吐吐起來：「他好像是從加拿大，嗯，還是英國來的？我想您不用太在意這些吧？」

「嗯，我知道了。只是他看起來像個高壯的男孩，我很疑惑他為什麼不自己騎一輛車？」

「他生病了！」這次費迪不加思索地回答，話一出口，又有點接不下去，只好接著說：「這個嘛，我是說他、他可能沒有很多錢玩嘛，所以，就──」

「我了解、我了解。」上校暗示費迪不用再說了。他說：「他看起來像個好孩子。改天你們帶他來給我看看。」

「對，他真的是個好人！完全不會好管閒事、胡說八道。」

「這樣子哦！」上校說：「好吧，費迪，謝謝你了。有空再聊，再見！」

「再見，上校！」

費迪猛踩腳踏車踏板，他已經落後傑夫一段路了。

而還留在斯諾格五金行頂樓的我們，一刻也不曾閒下來過。鎮公所前的廣場一片死寂，就剩下那個膽小的管區警察比利・道爾，坐在鎮公所的階梯上睡著了。荷馬趁這個時候，爬上紀念碑旁的一根電線杆，套了一條鋼絲在最上面的腳踏板。鋼絲的另一頭就掛在閣樓裡，我們裝了滑輪在它的底端。

在我們緊張的等待中，傑夫一行人終於回來了。大夥兒趕緊把假人身上所有的無線電器材搬出來，再把它本來的藍衣服穿回去。我們把它吊到鋼絲上，也綁了一條引導線備用，然後就將它丟出窗口。滑輪順著鋼絲一溜，假人便又回到了紀念碑上；而它靠著本身的重量，一股腦就撞進漢娜・金寶的懷裡。我們見假人已經固定好位置，便將鋼絲切斷，把剩下來的鋼絲拉回閣樓裡。

我們才剛把鋼絲收完，關上窗戶，道爾警察就醒了。他站在階梯上伸了一個大懶腰，突然間卻整個人跳了出去，站在大街當中目瞪口呆。沒錯，他看到紀念碑頂上的假人了！他一手握著警棍，一手拿著嚇得從嘴巴裡掉出來的假牙，然後用手背揉了揉眼睛，不可置信地再看一次紀念碑頂端。他深深吸了一口氣，環顧四周，確定附近真的沒有其他人。這下他完全相信他沒有看錯了，他拔腿就跑，衝到了街角的消防隊去。

半小時後，廣場又是人山人海。斯桂格鎮長的古董車再度回到紀念碑前，沒多久，雲梯車也重回現場。消防隊員們這次毫不遲疑地登上階梯，其中有兩個人都配備了綁人的約束衣；反而是之前非常狂妄的飛人，現在卻沒有半句挑釁或抵抗的話，他似乎失去聲音了。

帶頭的消防隊員終於爬到最上面幾階。他把飛人壓到漢娜·金寶身上，然後退一步盯著它瞧；最後他往前抓住飛人的脖子，一把將它丟了下來。下面的群眾全都驚聲尖叫了起來！砰地一聲，飛人掉在消防隊撐起的救生網上。

好奇的人們此時蜂湧而上，全都想看看這個飛人長得什麼模樣。

斯桂格鎮長看了這一切經過，大喊一聲：「好耶！」

他舉起雨傘，輕輕地戳了飛人幾下，看飛人沒什麼動靜，他哼了一口氣，便昂首闊步地走回鎮公所裡。圍觀的人潮慢慢散去，天色也漸漸變暗，只見麥克・柯克倫抱起假人，走回他在布雷克街的撞球店。

第二天，一切的紀念儀式都照常舉行。典禮進行得非常平順，除了斯桂格鎮長因頻頻抬頭看有沒有飛人，而扭傷了脖子之外，再也沒有發生別的意外。

這一天的典禮，也請到了馬其上校來參加。斯桂格鎮長邀他上台講一段話，他告訴大家，像漢娜・金寶那樣保衛自己的時代已經過去了；大家平時就要做好準備，才能隨時面對意外的發生。時代已經不一樣，現在的意外事件遠多於已知的敵人，我們應該學會平心靜氣地面對意外，不要恐慌。他指出，昨天那個身分不明的飛人事件，就是鎮上居民最好的一課，值得大家深思、反省。

整個典禮終於結束，所有的大人物忙著和群眾握手，只有馬其上校朝我們坐的地方走來。他走到亨利面前。

「你那位從加拿大來的朋友還好嗎？」上校說：「我想，我還有一點時間可以見見他呢。」

「什麼朋友？」亨利問。

「就是昨天傑夫載的那一個朋友呀！」

「哦，您是說他呀！」亨利看看我們，轉頭回答上校：「嗯，不瞞您說，他……」

「他昨晚死了！」費迪搶下話來。

「真是個好消息！」上校脫口而出後，又馬上改口：「啊，我是說，真是個壞消息！我感到很抱歉！」

「是啊，真是個壞消息。」費迪說。

上校點點頭說：「昨天我看到他時，就覺得他的氣色不大好。」

「他那時就病得很厲害了。」費迪繼續胡謅。

「請代表我向他的家人表達哀悼之意！」馬其上校嘴裡這樣說，眼睛卻對著我們神祕地眨一眨。

「我們一定會的！」

從此以後，馬其上校就再也沒提過任何關於飛人的事了。

但是對鎮上其他人來說，不明身分的飛人仍舊是值得熱烈討論的大謎團。一半的人相信一開始時真有一個飛人存在，只是後來有人拿了他的衣服，放個假人上去，開大家的玩笑。另一半人則認為，前後兩個飛人都是假人，只是頭一個假人的主使者躲在人群裡，用腹語玩弄大家。不過，不論抱持哪一種想法的人，都無法解釋頭一個飛人究竟怎麼了，因為他和他的氣球至今仍然下落不明。

這些爭論一直延燒到麥克·柯克倫的撞球店裡。人們聚在裡面，爭論有關飛人的種種，而麥克抱回的假人，則是好端端地站在店門口的櫥窗裡。麥克做了個牌子，放在假人腳邊。上面寫著：

「別為一個晃子，而當上冤大頭！」

氣球大賽

查克・波尼菲是鎮上有名的怪人。他一年到頭都穿著冬天的棉衫，即使到了夏天也不換穿襯衫。大家也都知道他不是天天換衣服，只要他彎下身去撿東西，大家就喜歡從他腰際露出的顏色，猜測那件棉衫已經穿了幾天。他棉衫前面有一排扣子，但他永遠都不扣最上面兩顆，任由胸毛雜亂地露出來。

不過，查克的家大概是全世界最棒的舊貨場吧！雖然很多人以為那只是個收破爛的垃圾場，但是如果你認真找，就可以發現任何你想要的東西。不論何時，只要你向查克開口，他就會有這樣的反應：首先，他會把口中的雪茄從嘴角的一邊移到另一邊，用一根手指頭摸摸他的鬍子；然後，他會頂一下頭上的黑帽子，搔一搔前額，彷彿什麼也沒聽到。但是，這只是他的習慣動作，他遲早會記起你跟他提過的事，最後一定會帶你到他的寶貝垃圾山尋寶。

當別人找查克要東西時，查克自己是不會親手碰那些垃圾的。他只是把方向指出來，然後站在旁邊，述說著哪一件東西是在哪裡弄到的，同時任由你從垃圾堆裡挖出想要的東西。

我們手邊這個二次世界大戰遺留下來的救生筏，就是這樣找到的。亨利．摩里根打算利用它做氣球的吊籃，來參加「巨型氣球錦標賽」。

長毛象瀑布鎮每年都會舉辦鄉村博覽會。從我們有記憶開始，開幕那天都會有一場比賽，用來提高博覽會的氣氛。以前比過馬車競賽，後來有很長一段時間是比農用拖車；但是最近這幾年，已經改成氣球大賽。鎮上辦這比賽還辦出了一點名聲，很多人大老遠跑來參賽。至於比賽的地點，如果風向和平常差不多的話，就會以八十公里外的白叉村作為起點，以博覽會的會場作為終點。

參加比賽的氣球雖多，但其實沒幾個能順利到達終點。大多數的氣球在抵達長毛象瀑布鎮前，就已經洩了氣，或用完了壓艙物。有時候，鎮上警察局和州警得花上一整天的時間，在鎮上和白叉村間搜尋那些半路掉下去的人。偶爾

還是有人真的迷失在山林間，摸索很久才回到鎮上來。

亨利是瘋狂科學俱樂部的大天才。他說我們這次參賽，一定可以拿冠軍。因為他已經想到了一個方法，可以讓氣球不需要壓艙物，也可以在空中飛行得很好。

費迪・摩頓打了一個大噴嚏，問：「這次我們要做什麼樣的氣球？」話一說完，又打了一個噴嚏。他的感冒還真是嚴重！

「放心，」亨利回答：「做好你就知道了。還有，我不希望有人大嘴巴，跑到鎮上到處宣傳。你堂弟哈蒙也要參賽，千萬不能讓他竊取我們的創意。」

說到哈蒙・摩頓，我們每次有新計畫，都要提防他。他是個聰明但無恥的傢伙，自從被我們踢出俱樂部後，便把所有的精力都拿來破壞我們的計畫。

「還有誰要一起搭氣球的？」丁奇・卜瑞問。身為俱樂部裡最瘦小的他，知道乘客名單裡一定不會少了他。

傑夫・克羅克敲一敲議事槌，對大家宣佈：「我以主席的身分，指派亨利・摩里根擬定乘員名單；同時，亨利決定要做的事，所有人必須配合！」

「喔，他的決定可要合乎科學原則喔！」費迪說這話時，眼睛卻瞟向丁奇，好像覺得他還沒成熟到足以參與這計畫。

接下來的三個禮拜，我們可是忙壞了。我們知道即將要面對的，是非常激烈的競爭。許多老將都要參加今年的比賽，此外，布雷克街上「休閒撞球店」的老闆麥克．柯克倫也大手筆資助哈蒙參賽。他一心想要藉氣球比賽來打響知名度，所以他願意花很多的錢，叫哈蒙幫他做一個最搶眼、最成功的氣球。但我們深信，以亨利的智慧，絕對足以打敗多金的哈蒙。

有人說，在科學的領域裡，智慧可以彌補金錢的不足。我們對亨利正有著這樣的信心。

我們做氣球的地點，是在荷馬．斯諾格父親的五金行樓上。雖說傑夫家的穀倉才是我們俱樂部的聚會所，但哈蒙對那裡太熟悉，又常叫他夥伴跑來偷窺我們的舉動。所以這次我們移到位在三樓的閣樓，讓他沒有監視我們的機會。

做氣球之前，所有人都必須先了解一點——氣球動起來其實像個巨大的溜溜球。你不得不萬分小心，它可能瞬間把你帶向高空，又突然快速下降。亨利說，這種急劇的上下變化，是和物體與它周遭空氣間的平衡有關。氣球在空中會佔掉空氣的位子，只要氣球的重量比排掉的空氣輕一點點，你就可以穩定地坐在裡面；它會稍稍離開地面，但不會讓你陷入任何麻煩。不過，要是氣溫上升，或正好碰到一道上升氣流，你可能一下就飄到六、七千公尺的高空，空氣稀薄到讓你窒息。要是上升氣流走了，或是氣溫變低，氣球頓時成了一顆大鉛球，就會瘋狂往下掉。氣球可不會自己乖乖地飄回該去的地方，地心引力會將它猛地拉回地面，狠狠把你摔在你根本不想去的地方。要對抗往下拉的地心引力，就要有足夠的壓艙物可以拋出，或者要有其他增加浮力的辦法才行。

大多數氣球玩家處理這些問題，利用的方法都差不多。他們在氣球上升太快時，放掉氣球裡的一些氣，減小球的浮力。然後在氣球下降太快時，丟掉一些沙包之類的壓艙物以減輕重量，減弱地心引力的影響。問題是，萬一氣放完了、沙包丟光了，就再也沒有法子可以調整高度；唯一能做的，只有迫降棄權。所以其實不難想像，每年比賽能抵達終點的，佔不到百分之十。

亨利說了一堆大道理，然後說他有方法解決這些問題，而這方法可是我們的大秘密！

亨利的腦子似乎永遠都塞滿了科學的問題。他媽媽常常抱怨他寧願思考，不願吃飯，有時候飯吃一半就開始想事情。常常一家人坐好了在吃飯，他卻把盤子推到一邊，問題沒想出個答案，絕不吃一口。要是他媽媽唸他什麼都不吃，他就偷偷把食物丟給桌下的狗，結果他家的狗成了整條街上最胖的一隻。

有些人覺得亨利的腦筋有問題，但對亨利來說，食物實在不是什麼重要的東西。他有句名言：「人要吃得夠用就好，不要吃到漲滿大腦。」他總愛問人家，長大後要做個科學家，還是馬戲團的胖小丑。這就是他的邏輯。

費迪就不同了。他也老是在思考，不過想的多半是食物。當他問亨利能否把他也排到氣球乘員的名單內，亨利說：「我們不需要那麼多壓艙物！」

我們的確不需要那麼多的壓艙物。亨利的方法其實很單純——就像許多偉大的發明一樣。他認為要控制氣球，只要調整氣球的大小就好；這可以藉由打入、打出空氣來完成。如此一來，就不需要壓艙物。只要在氣球吊籃裡，準備一些壓力槽和壓縮機，想下降時把空氣收回壓力槽，讓氣球變小，浮力就變小；想上升時，則把空氣打到氣球裡，球變大，浮力就變大，真的很簡單。

氣球的氣囊，我們是拿舊的飛行傘的布料做的。為了要在上面上漆，我們回到傑夫家的穀倉去充氣。如果你從來沒替氣球上過色，就千萬不要輕易嘗試，它遠比漆一棟房子還難！想想看，你有什麼方法可以爬到氣球上面？就算爬上去了，又有什麼方法不會讓你掉下來？結果這個困難的工程幾乎是由丁奇獨力完成的。我們把一個大垃圾桶掛在橫樑上，讓體重最輕的丁奇站在裡面，他一個人懸在半空，漆完氣囊的表面。

稍後，我們把氣球運到草莓湖後面的山丘試飛。亨利的計算果然精準，他算出氣球有接近三百公斤的浮力，足夠載得起吊籃和我們之中的三個人；即使再加上兩個裝氦氣的壓力槽以及一個壓縮機，應該也不成問題。我們又帶了些別的工具，再用一條很長的繩子，一端固定在地上，一端綁在氣球的吊籃上，開始進行測試。我們將氣球上升到三十公尺的高度，讓亨利實驗壓縮機控制升降的快慢程度。我們又做另一個測試，將本來固定在地面的繩子改到彈簧秤上，這樣便測得滿載東西時的氣球浮力資料。

這些實驗都做完後，亨利很滿意地說：「我已經研究過白叉村到比賽會場之間的地形了！我認為，只要維持在三百六十公尺以上的高度，就可以避過沿途會經過的山丘。不過如果一切順利、天氣又好，我們的浮力足夠我們上到六百公尺的高度。」

「六百公尺算什麼！」費迪說。

「哼！你敢從六百公尺高的地方跳下來嗎？」莫泰蒙．達倫坡回頂他。

我也插嘴問說：「亨利，為什麼是六百公尺？」

「在這個季節，如果是萬里無雲的天氣，在那個高度正好會有一道快速移動的氣流。如果我們能碰到那股氣流，就能以每小時四十到五十公里的速度前進，而且方向正對著比賽會場。這些資料，都是我在西港空軍基地的氣象站查的。」亨利答。

「有這麼好康的事？千萬別讓哈蒙也發現了！」丁奇說。

「拜託！這種事又不是只有我們會知道！」荷馬說：「這次比賽老手那麼多，他們早就把這裡的地形和氣候摸得一清二楚了。」

「沒錯，他們應該都知道這些。」亨利說：「問題是，他們有辦法上升到六百公尺、又一直停留在那邊嗎？我認為我們辦得到，如果只載三個人，而且裡面一個是丁奇的話。」

「哦，丁奇？」費迪很不高興地說。

我們當然知道，亨利也是乘員之一，那就只剩一個人可以上去。大家面面相覷，不知道亨利要指定誰。結果，中獎的是我！

「啊——不會吧？」費迪失望到了極點。

比賽前晚，我們拜託查克載我們到白叉村去。多虧查克開著他的大車「轟轟理查」，我們一群人加上氣球和裝備才裝得下。我們就在比賽起點的跑馬場上紮營過夜，這樣第二天才可以盡早開始工作。要知道，氣球不是不甩它就會自己飛起來的，讓一個龐然大物離開地表，可還有一大堆前置作業要做呢。

想當然爾，那一晚我們睡得並不好，許多參賽者整夜都在準備，所以跑馬場上一點也不安寧。倒是荷馬也忙了一整個晚上，他到處看看別組的進度，打聽各式各樣的消息。不過他才不是為了俱樂部好，他只是希望我們贏得冠軍，好讓他的女朋友黛芬．摩頓能選上「博覽會之花」。

今年參加比賽的，大約有二十組人馬。大家都把氣球裝飾得五顏六色、奇形怪狀。有的氣球塗得像七色彩虹，有的紅紅綠綠像顆聖誕樹，還有一些則長得像巨型陀螺。有的人是將氣球裝扮成某種特殊的東西，像是一隻魚或一條毛毛蟲。我們的死對頭——哈蒙的氣球，看起來就像個大蔥頭，原來哈蒙還真的叫它「青蔥」哩！

丁奇第一眼看到哈蒙的氣球，馬上就譏笑起來。他說：「哇，最好它冒出一朵大蔥花！」

至於我們的氣球，是做成人頭的模樣，我們戲稱它為「頭目」。丁奇畫上去的大臉，有一點點像我們的鎮長斯桂格先生，它的鼻子處便是氣球的「開幅」。開幅就像一個裂開的氣門，萬一你在低空碰到一陣狂風，可以讓氣球裡所有的氣體從那裡洩出去。要不然，氣球可能會被刮到幾公里外，撞到樹木或石頭也說不定。

比賽預定在早上八點準時開始。清晨四點，已經有許多人在充氣，一顆顆氣球漸漸立了起來，固定在地面的支柱上。亨利卻不急著要充氣，他說等到太陽出來再做就夠了。原來亨利知道日出時會有一道強風，再加上氣溫上升，那些已經充氣的氣球就會很難固定啦。果然不久後，他的說法就得到了驗證。

這時，哈蒙的那一票朋友跑過來看我們的氣球，順便在旁邊說些風涼話。我們把整張氣囊攤平在地上，用些石頭和板子壓住，準備開始充氣。

「麻煩你們閉嘴。」傑夫對著我們和哈蒙那些朋友說：「這裡只有亨利和我可以講話。今天我們不是來吵架的。」

「喔，我們不是來吵架的，」哈蒙那個超級大嘴巴朋友史東尼．馬汀，提高了嗓門說：「我只是來看全場最——」

「最什麼呀？」他其他的朋友附和。

「最扁的氣球！哈哈哈！」他邊嘲笑還邊踢我們鋪在地上的氣囊。

「如果你笑夠了，請告訴我需要幫你什麼忙。」傑夫靠著他的睡袋，仍然維持著禮貌說：「你是來向我們請教的嗎？」

哈蒙聽了很不爽。他手插在褲袋，站到傑夫身旁。「我是來看你們有沒有偷帶彈弓或BB槍！」他狠狠地說：「那可是犯規的！」

「知道啦。」莫泰蒙玩弄著手指頭，敷衍地說。

「哎呀！」費迪的鼻音更重了，他說：「經你一說，我才想起我忘了帶我的寶貝弓箭了！」

「我剛不是說不要吵架嗎？」傑夫再度開口。他直視哈蒙，正經地說：「哈蒙，如果我們贏，一定是光明磊落地贏。我們決不會耍任何無恥的技倆！」

「誰擔心你贏不贏，」大嘴巴史東尼哼一聲說：「只是你們這塊破爛布擋住我們的路了！」

「好，好。如果我們擋了你的路，請寫一份抗議書過來。」莫泰蒙伸著懶腰講話。

「莫泰蒙，別再說了。」傑夫警告他。

哈蒙其實是想來探聽氣球的消息。他終於開口問道：「我沒見到你們的吊籃，你們人要坐哪裡？」

「我們的吊籃在這裡。」亨利拍拍他身後靠的一捆東西說。

「那是什麼？」

「是充氣的救生筏。」亨利答：「你該不會不知道，抵達終點前會經過草莓湖吧？」

「我當然知道，」史東尼大笑說：「但我們可沒打算停到湖上！」

他的笑聲好不容易停了下來。亨利對他微微一笑，說：「聽起來，你們是要用熱氣球囉？」

「他們呀，耍耍嘴皮子就飛得過去啦！」丁奇也加入取笑哈蒙的陣容。

「丁奇，夠了！」傑夫站起來，對著哈蒙一夥人說：「我想這些朋友就要走了。謝謝你們繞過來打招呼。」

他們明明就要離開，史東尼卻故意在轉身後偷襲丁奇的脖子。誰知道他出手太重，反而整個人失去平衡，沒打到人反而摔了個狗吃屎！

「不好意思！」莫泰蒙正好站在他摔倒的地方，他順勢抽開腳，也勾起史東尼飛出去的帽子，說：「我剛剛還以為你的頭也飛出去了！」

等這群討厭的傢伙離開後，太陽也開始升起。就像之前亨利說的，從東邊真的刮起了一陣強勁的大風，那些已經充好氣的人簡直抓不住他們的氣球。有兩組參賽者最悲慘，他們固定氣球的繩子撐不住就斷掉了，氣球斜斜飄過跑馬場，撞進旁邊的林子中。

「兩個氣球刮傷！」亨利說：「他們不可能在比賽前修好的，看來少掉兩個對手了。」

如同哈蒙想刺探我們的情況一樣，我們對哈蒙的氣球也是萬分好奇。趁著大多數人一片兵慌馬亂之際，我們就晃到哈蒙的陣地去看他的「青蔥」。剛剛還在嘲笑我們氣球很扁的他們，現在果然有著大麻煩。青蔥被強風和熱氣吹得拼命往上衝，已經把好幾個支柱拉得掙脫了地面，哈蒙趕緊洩掉一些氣，看能不能穩住他的大蔥頭。其他的人也在四周追著東西團團轉，就怕所有器材都被吹跑了。等我們靠近他們時，他們正人手一條繩子，打算要合力把氣球拉下來。繩子的一端已經綁在氣球上，他們一起收短手中的部分，好讓氣球慢慢靠近地面。碩大的氣囊被風拍打著，不停地劇烈抖動；給人的感覺好像是浮在海上的軟木塞，對自然的力量毫無招架之力。

「嘿！你們這樣做不對！」亨利好心地對他們說：「應該一次拉一條繩子就好！」

不過已經來不及了。一陣強風突然把氣球往天空的方向吹，他們其中兩個人腳沒站穩，馬上被拖著橫越了跑道，直到兩人鬆手放開繩子才停下來。另一條固定繩又喀擦一聲，斷掉了，害得大嘴巴史東尼也跟著發生慘劇。他本來把繩子纏繞在左手臂上，現在整個人頓時失去重心，倒在人行道上被甩來甩去。這下只剩一條繩子還固定在支柱上，但氣球擺動的力量頓時都集中在那根小小的固定樁，所以它也馬上鬆動了。發生在史東尼身上的慘劇還沒結束，只見他被拋到兩公尺高的天空，雙腳亂踢一通，想找到個東西穩住身子。

「啊哈，大頭蔥和大頭呆一起飛起來囉！」丁奇放聲大笑。

傑夫還是一個比較有風度的人，他衝到前面，跳起來抱住史東尼的小腿和膝蓋，兩人一起撲倒在地。就在這時，又一道強風刮來，氣球立刻往上飄去。

「快叫查克開車過來！」莫泰蒙對丁奇大喊，然後馬上和亨利一起站到僅存的那根支柱上，試圖用他們的重量先固定住氣球。荷馬和我抓住另一條繩子，努力站穩腳步，希望也能幫上一點忙。

哈蒙其他的朋友們，也一個個搖搖晃晃地站起來幫忙。他們都想要抓穩繩子，只是強風中的氣球宛如脫韁野馬，大家自己能站穩就很厲害了，根本對氣球起不了什麼作用。好不容易見到丁奇帶著查克過來，我們看到「轟轟理查」捲起的飛揚塵土，簡直跟看到救星一樣高興。查克毫不遲疑地把車停在氣球正下方，他一走出座位，便伸出那金華火腿般的臂膀，一把抓住了繩子。他把腳勾在方向盤上做固定，再將繩子往內猛拉，所有的人連同氣球都向他靠近了。他先把這條繩子固定在方向盤下面的柱子，然後跳下車，抓了另一條繩子，綁在轟轟理查的後廂門上。這時，氣球雖然還在前後劇烈搖晃，但已經藉著轟轟理查笨重的車身，乖乖留在地面了。

強風終於稍停，青蔥穩固地站在地面。「呼！謝謝大家！」哈蒙說。

「不用客氣。」傑夫回答：「玩飛行氣球就是這麼有趣，前一分鐘你還拉不下它，後一分鐘卻要擔心它離不離得了地。」

「我們才不擔心這個問題，等一下看我們升空有多漂亮！」史東尼又有力氣找人拌嘴，我們也該離開了。

「少廢話，大頭呆！」費迪邊走邊回頭罵他。

太陽已經完全升起，我們正式替頭目充氣。現在天空飄著微微的風，氣候極佳，離比賽開始只剩一個鐘頭。亨利仍是維持他一貫不慌不忙的姿態，拿出他準備好的作業流程表，讓大家一一檢查操作程序，就好像發射飛彈前的倒數計時一樣。

「為了要確定大家都記得自己的工作，我們一定要跑一次流程表。」亨利說：「如果要你記下一大堆事情，難免就會有所疏漏。但如果我們把每個步驟都按順序標清楚，就不容易忘記了。假設你負責步驟四，你一定知道前面是步驟三，後面是步驟五，這樣大家都可以做好份內的事情。」

其他的熱氣球也通通在充氣。等到太陽高照，白叉村的跑馬場已經變成一座五彩繽紛的奇幻樂園。奇形怪狀的巨型氣球、紅黃藍綠的各色帳棚，把跑馬場點綴得美不勝收。人們從四面八方湧入，想要目睹這一年一度的地方盛事。

丁奇坐在自己的背包上，瞪大了眼睛，張大了嘴，誰都看得出他很興奮。

「哇！當年查理王領兵出征，大概就是這麼壯觀吧！」丁奇說。

「哼，你在說哪個年代的人呀？」費迪不屑地回嘴。

「閉嘴！不懂就不要說話，肥豬！」丁奇說完，就朝著人群和氣球走去。

突然間，大會擴音機響起一陣雜訊，接著便出現主辦單位的廣播。他們一邊在介紹比賽的規則與注意事項，群眾則一邊開始移動。本來集中在橢圓形跑馬場中間的人們，終於往四周的看台移動；每個人不是帶了相機，就是揹著望遠鏡，兩者都拿的人更不在少數。還有許多專業照相機和大型望遠鏡架設在場地周圍，甚至有人爬到看台屋頂裝設攝影機，不過後來都被警察趕下來了。

這一刻終於要來臨。我們辛苦了好幾個禮拜，埋頭準備、精心計畫、大膽夢想，如今只差幾秒鐘，頭目就要正式升上天空。我的心裡卻好像被掏空了一個洞，即使像亨利那樣冷靜的人，也不斷挪動著他的眼鏡框而不自覺。

白叉村的村長現在站到司令台上，他先向大家介紹長毛象瀑布鎮的鎮長斯桂格先生，然後兩個人一起介紹「博覽會之花」的參選者。這是氣球比賽另一個吸引人的地方，參加比賽的每一隊可以推薦一個女孩來角逐博覽會之花。這些女孩要先發表一段簡單的演講，然後把玫瑰丟給台下她隸屬的隊伍；如果沒被接到就落地了，那可是倒霉的預兆。哈蒙推薦的女孩是史東尼的女朋友梅麗莎·布朗奇，她的演講說得不錯，玫瑰卻丟得有失準頭。哈蒙飛撲出去接花，花是接到了，人也摔了一個大跤。不過他已經沒有時間管臉上和身上的灰塵，直接和他的隊員衝到氣球旁，爬進青蔥的吊籃裡。

「嘿！你那朵玫瑰應該要給史東尼。」莫泰蒙對哈蒙喊，又暗自嘆了一口氣說：「梅麗莎真是美麗呀！」

「她美麗？我覺得她的牙齒太暴了！」丁奇說。

終於等到代表我們的黛芬·摩頓出場。我們不斷地吹口哨、尖叫，替她製造一點氣氛。她先拋了一個飛吻給荷馬，才把手中的玫瑰丟出來。我們整群人往氣球衝時，就剩荷馬還傻愣愣地站在原地，魂都不知飛到哪裡去了！

丁奇、亨利和我迅速爬進吊籃裡，其他的人開始檢查固定繩。根據比賽規則，在正式開始的槍響前，每一隊都必須保留四根固定繩繫在地上。亨利已經有點坐立難安，頻頻檢視氦氣槽的壓力表和各個扣環。傑夫則高舉著右手，眼睛緊盯司令台。

這時，一枝黑白格子旗突然從整排巨型氣球的底端升起，緊接著司令台冒出一陣煙和一聲薄弱的槍響。因為槍聲實在太小了，我們根本不認為比賽已經展開，直到司令台響起人們的叫聲，我們看到一個氣球從整排氣球中央率先升空，才意識過來。

「放鬆繩子！」傑夫從吊籃後面跳出來大叫。

我們鬆開扣環，頭目馬上向上攀升了一、兩公尺，然後卻往人行道傾斜，開始做順時鐘方向的旋轉。原來是丁奇那邊的繩子放不開，他拼命想鬆開扣環，卻怎麼都無法打開。我也伸手過去幫忙，可是那個扣環因為氣球的拉扯而變了形，真的是費盡力氣也打不開。還好我瞧見查克朝著我們跑來，手上的獵刀還閃閃發光。他大刀一揮，頭目終於又往上竄升，彈過了人行道，被風斜斜地帶起，開始朝長毛象瀑布鎮前進。我們真的上路了！

亨利蹲在吊籃裡，檢視所有的儀表。他先看看手錶，再看高度計和氦氣槽上的壓力表，然後檢查氣囊。我和丁奇則倚著吊籃邊往下看，不斷地對變得越來越小的其他同伴揮手。

我們才剛以為頭目已經進入狀況，腳底卻突然劇烈震動起來，整個吊籃都歪掉了。我們往外看，一個巨大的橘色氣球居然從下面撞到我們，它再次彈了一下才往上飛走。

「呼，實在好險！」亨利鬆了一口氣說：「他們上升得太快了！如果他們想操控好那顆球，應該要趕快放掉一點氣才對。」

從槍響到現在，所有事情都發生得太突然，我們根本沒空去注意青蔥的狀況。現在滿天都是氣球，有的緩慢上升，有的快速竄爬；有的甚至還在地面上彈跳，裡面的人慌張地把東西丟出，只求自己能趕快飛起。

我們仍舊沒有多少時間能仔細觀察別人，因為頭目又開始瘋狂搖擺了。我們碰到一陣強風，被它吹著快速移動；這陣風也把地面上兩個無法升空的氣球吹到林子裡，其中一個當場就扁掉。我們從林子上空飛過，只見鮮豔的氣球碎片掛滿枝頭。

丁奇和我還是希望能找到青蔥的身影，我們四處張望，但同時升空的氣球實在太多了，一下子就是看不到哈蒙他們。倒是先前撞到我們的那顆橘色氣球，如今飛快地往長毛象瀑布鎮方向移動，已經超前我們快兩公里了。亨利當然也注意到它。

「你們瞧，」亨利手指著橘色氣球說：「它就是進到了那層快速移動的氣流裡，可是它上升得太快了，在裡面恐怕沒辦法維持太久。」

我拿出望遠鏡觀看那顆氣球，他們的乘員正興奮地互相拍擊，以為自己已經掌握了優勢。結果馬上被亨利說中，他們不斷上升，變成天空中一個小點點，然後再也不前進。反而是頭目進到了氣流中，從他們的下方飛過去，朝我們的小鎮前行。橘色氣球顯然知道他們的問題在哪裡，他們突然開始下降高度，只是並非慢慢降下來，而是像隻被獵槍打到的鴨子，急劇往下掉。

「他們一下放掉太多氣了！」亨利說：「就算上升太快，也千萬不能驚慌。放氣閥一定要輕輕弄，像他們現在的速度，一定又會穿過這層氣流，搞不好直接撞到地面上！」

果然不出亨利所料，橘色氣球不停下降，穿過氣流層時搖晃得像穿過大颱風；接近到地面時，速度更是加快了。裡面的人只能不斷丟出沙包之類的壓艙物，希望能減低下降的力道。

「他們絕對到不了終點的，」亨利說：「他們現在丟掉壓艙物來減速，等一下需要壓艙物時怎麼辦？」

那顆球在距離我們很遠很遠的下方，終於慢了下來，又重新開始上升到約三十公尺的高度。它一會兒就停止上飄，變成緩慢地往西行，在這時，我們已經超前它四、五公里，而且在氣流層中速度絲毫不減。

「他們真的完了！」亨利繼續指著他們說：「除非他們帶了比一般人多很多的沙包，以他們的高度，根本過不了草莓湖旁的山丘。」

此時我們看看四周，留在天上的氣球只剩十顆左右，其他的參賽者不是升空就有問題，就是落後在我們根本看不見的地方。我再仔細找一找，終於看到青蔥在我們的南邊出現。它落後我們一段不小的距離，不過倒是上升到差不多的高度，看來哈蒙那一組也是要利用這層氣流的速度來前行。

和其他的交通工具比較起來，飛行氣球有一個很不一樣的地方，那就是你感覺不到自己在動，除非你往下看著地平面。氣球是隨風而行，就因為已經在風裡面跟著走，所以反而不覺得身邊有風吹過去。四周的空氣彷彿凍結了，安靜地停滯在身旁，有時候我都覺得自己是不動地掛在天上。當然啦，如果碰到上升氣流、下降氣流或暴風雨，情況會完全不一樣。但像今天這樣一個好天氣，就算氣球飛過牧場上空，也不會驚動到半隻牛。

丁奇正把他的臉蛋靠在吊籃邊，作起了白日夢來。身處在平靜的天空裡，再也沒有比作白日夢更容易的事了！你真的會忘記自己正在參加一場激烈的競爭。我倒是無法像丁奇那般放鬆，我指出青蔥的位置給亨利看，他對一下手錶，再檢查釘在一旁的地圖。

「如果我們能一直這麼順利，應該再過兩個小時就可以到達鎮上的會場了。」亨利說：「最大的挑戰還是在草莓湖旁邊的山丘。如果哈蒙那時候仍舊跟著我們，這場比賽還有得比呢。」

亨利話才說完，就聽到傑夫透過無線電呼叫我們。他想知道青蔥的狀況，我們告訴他它落後在我們南方，不過飛得蠻順利的。從我們現在的位置往北看去，已經看得到白叉村通往長毛象瀑布鎮的主要道路，而且用肉眼就看得見長長的車陣朝博覽會會場前進。我拿出望遠鏡觀察，馬上就看到落在一堆客車後面的轟轟理查。車隊最前方是一輛摩托車，後面跟著好幾輛敞篷車，負責載博覽會之花的候選人和花，不過我認不出黛芬．摩頓在哪兒。

傑夫的聲音又從無線電那頭傳來，他說他現在看得到我們了。他提醒我們說，如果沒有氣球能順利降落會場，最早走到會場的那一隊便算是冠軍。

這時無線電卻插入了一個怪聲音，原來是哈蒙從青蔥上面對我們發話。他說：「如果你們想用走的，現在就該跑了！因為我們很快就會降落在司令台的正前方！」

我們回頭看青蔥，它現在已經大舉接近我們，上面載的三個人：哈蒙、史東尼和巴茲．馬考利夫，都變得清晰可見。我拿望遠鏡看他們，只見史東尼舉起一個牌子，上面寫著：「祝頭目落水成功！」

丁奇對他們的舉動氣壞了，他上下跳動，朝青蔥扮鬼臉，害我們的氣球搖晃不停。亨利叫他不要再抓狂，隔了一會兒丁奇才平靜下來。這時，一片烏雲

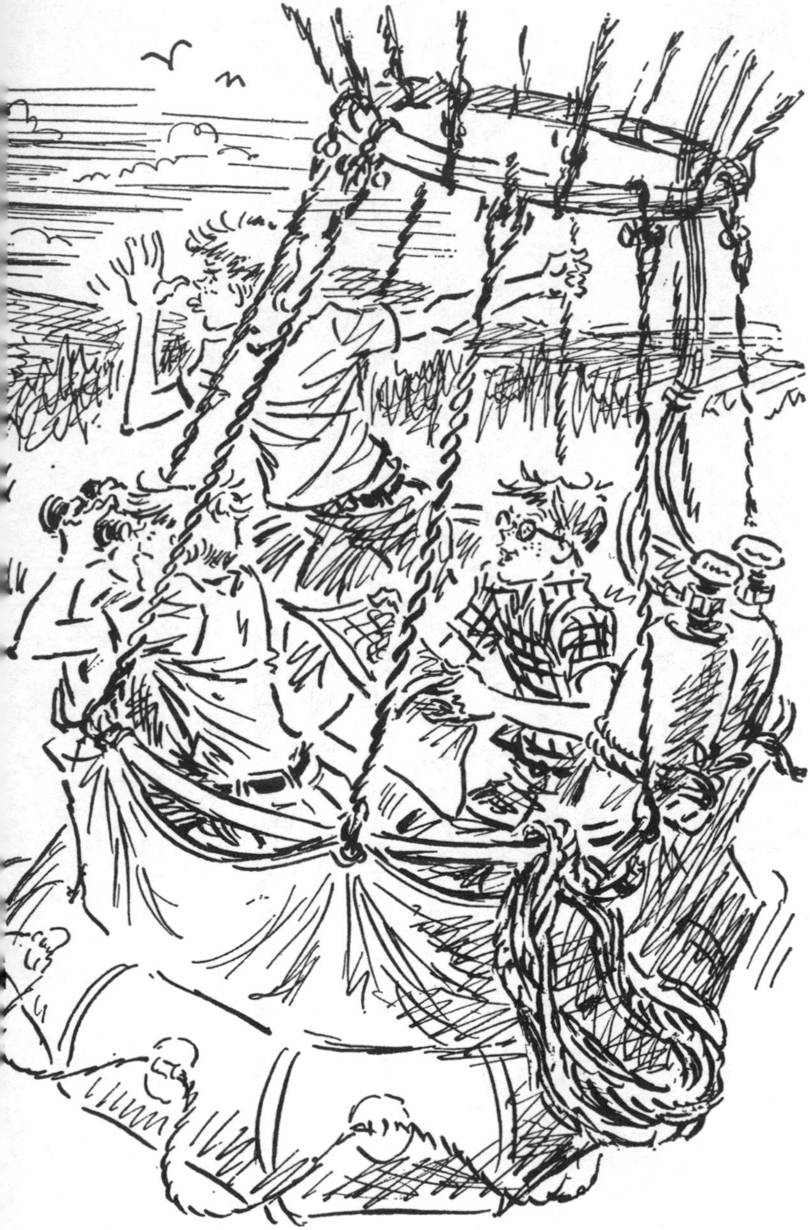

突然飄到我們頭上，驟雨直接落下來，打得我們暈頭轉向。丁奇臉都綠了，他吐得一塌糊塗，必須整個人倚靠著吊籃，否則自己根本沒有半點支撐力；我緊抓著他的腿，怕他一不留神便會摔出去。我們全身淋得濕答答，坐在積水五公分深的吊籃裡，丁奇抱著頭，喃喃唸著萬一下不去該怎麼辦的話。

我們好不容易離開那片烏雲的下方，氣球是受到了一點衝擊，高度也有所下降，還好三個人都沒事。亨利查看高度計和氦氣槽上的壓力表，決定要多加一些氣到氣囊裡。我爬上氣囊底端的操控桿旁，放開桿子，讓氣球可以膨脹。亨利小心翼翼地讓氣體從壓力槽釋出，我們只要增加一些些浮力，足夠重回氣流層就好；萬一加太多，衝過了頭，反而更糟。

我們重新得到平衡，也抓到了一道好風。亨利叫丁奇要留心高度計，他說：「我們身上很快就會變乾，等積水也少掉一點，氣球的高度馬上就會攀升。那時我們要趕緊把氣再打回壓力槽裡，才能繼續保持在氣流層中。」

「那我吐掉的重量，你要怎麼算？」丁奇問。

「問得好！每一克的重量都有影響，」亨利說：「如果我們需要你吐，我會告訴你的。」

那一場夏季驟雨已經完全消失。我們環視四周，想知道到底有多少組受到影響。放眼望去，只剩三個氣球還在天上飛了，最遠的一個就是青蔥。它超前我們許多，正朝著草莓湖東邊的山頭過去，我們猜它不是沒碰到那場驟雨，就是只有碰到邊，看起來是沒受到任何影響。另兩個氣球則離我們較近，但是高度低一點，而且速度比我們慢。其中一個畫成紅白藍條紋的陀螺，另一個則像隻綠色毛毛蟲。至於是不是還有其他氣球也在飛，反正已經落後我們太遠，不需要去擔心了。

「那條毛毛蟲如果過得了山，就算它走運！」亨利指著綠色氣球說：「我們穩定下來後，我就看到它的高度一直在降低。暴雨來前他們已經不停在丟沙包了，我猜他們現在早就丟光了壓艙物。」

「那青蔥呢？」我有點擔心地問：「它已經超前我們快四公里了！」

「沒關係，我還有個好辦法！」亨利說著，手上拿支鉛筆在地圖背面畫來畫去。他接著說：「嗯，這樣應該沒問題。只要氣流的方向不變，我想我們在草莓湖上空就可以超過哈蒙！」

「希望你是對的。」亨利絲毫沒有解決我的疑慮，我忍不住說：「我怎麼覺得希望渺茫！」

「我要和天一樣高——一樣高——」剛才衰弱的丁奇竟然唱起歌來，看來陽光把他的精神又帶回來了。

「啟動壓縮機！」亨利突然下達命令：「我們淋濕的部分都快乾了，要收一些空氣回去才行。」

我按下壓縮機馬達的開關，等壓縮機開始運轉，我又爬上氣囊底調整操控桿，好讓空氣順利流回壓力槽裡。

「隨時注意青蔥的動向，特別是它飛到草莓湖邊的山丘時！」亨利終於開始向我解釋要如何超前哈蒙：「那些山脊會影響空氣的流動，製造出強烈的上升氣流；如果又碰上湖面升起的熱空氣，便形成漏斗雲。如果青蔥要直接從氣流層跨過山脊，就會陷到漏斗雲裡，然後可能被捲到三千公尺的高空去。而我們，只要小心避過上升氣流，說不定過了湖就能一舉超前他們！」

「我不知道你要怎麼避過氣流，但我希望你說的一切都會成真！」我說。

「亨利一定行的！」丁奇說。他真的是完全恢復了。

「其實能不能成功，要看我們能不能順利控制氣體的進出，調節好氣球的浮力。」亨利說：「我們快到山頭前，要馬上下滑出氣流層，壓低了前進。如果運氣好碰到上升氣流，再靠它把我們送過山脊。若真是這麼幸運，我們只要翻過山後快速地送氣到氣囊裡，而且也沒有摔到湖的另一邊，那我們可就能搭上順風車，輕輕鬆鬆地回家了。」

我聽了他的說法，反而更加擔心。我對亨利說：「我希望你知道自己在搞什麼！」

「——和天一樣高，我的未來才能看得到——」丁奇繼續唱著歌，看來他對亨利倒是信心十足。

我決定先專心觀察青蔥。它現在在我們前方約兩公里處，快接近山頭了。從比賽開始，亨利預測的每一件事都很準，這一次呢？我目不轉睛地看著青蔥，不知它是否會發生如亨利說的慘劇。就在它正要跨過山脊時，整顆氣球突然衝向上方，而且上升速度快得驚人。

「它陷到漏斗雲裡了！」亨利大叫：「查理，趕快啟動壓縮機！我希望至少能降低兩百五十公尺的高度，一定要比山頭低很多！」

我馬上發動馬達，氣球也迅速降到氣流層之下，亨利果然將時間算得剛剛好。雖說我們仍有足夠的前進動力，但如果照這個速度一直下降，我想我們撞到山頂的可能性還比較大。

「丁奇，現在還不能吐！」亨利警告丁奇：「現在每一點重量都很重要！我們需要全部的重量來下降，再撐一分鐘就好！」

我們的左邊，還有人降得更低呢！那是剛剛那隻綠色毛毛蟲，它直接撞到山坡，然後滑到山谷裡才停下來。風把他們的綠色氣囊吹得搖來晃去，而那些隊員還試圖要再度升空。另外一顆紅白藍陀螺，下場也沒有比較好；他們雖然在低處也遇到上升氣流，但是已經來不及了。氣流只把它帶到了較高的山坡，它依舊難逃撞山的命運，卡在大樹上完全動彈不得。

「它們兩個都玩完了。」亨利的語氣十分確定。他接著對我說：「關掉壓縮機，隨時待命！」

我關掉馬達，緊張地站在壓力槽旁，隨時準備應付亨利的命令，好讓氣體重新回到氣囊裡。沒幾秒氣球就不再下降，但是被風吹得發狂地直往山邊跑，那一刻，我真的覺得我們死定了！丁奇兩眼發直，面色慘白，我想我大概也好不到哪裡去。只有亨利還能維持鎮定，他雙手交叉在胸前，靠著吊籃邊緣站著，專心地看著迎面而來的山坡。他似乎暗自在計數，哎，這時候就完全能看出他才是百分之百的科學家；不論發生什麼事，仍只在乎自己的實驗結果。

突然間，一陣熱氣飄到我們臉上。那時我們已經離山坡只有幾步之遙，我想要安全跳下去都沒有問題，可是氣球卻猛地像個鐘擺規律地搖晃起來，而且開始往上爬升。太好了，我們進到上升氣流裡了！

「查理，快加一點氣！」亨利大叫。我趕緊打開開關，才幾秒鐘，亨利又喊著：「夠了！快關掉！」我們陡急地上升，剛剛好晃過山坡上的樹梢。丁奇的眼神終於正常了些，三個人也全都鬆了一口氣。

「到山頂還要更小心，」亨利說：「那裡比這裡還陡，我不希望又進到最大的上升氣流裡，所以重點就是：要離山脊越近越好！」

這時，我們稍微看了一下青蔥。它依舊陷在湖東邊升起的漏斗雲中，無助地往上竄升。但我們也沒時間注意它了，我們有自己的問題要解決。

我們來到了距離山頂約三十公尺的地方，氣球突然停止上升，開始搖搖晃晃地往下掉。那感覺好像是在搭一部快速上升的電梯，可是電梯卻突然停止，然後地板拼命往下飛出去。

「我們滑出上升氣流了！」亨利大聲說：「我們就要——」

亨利的話還沒說完，我們的吊籃就砰地一聲撞到山壁。整個氣球先被彈開，在空中亂晃了一下，然後又開始急速往下掉，再一次撞到山！這一次，吊籃被彈得亂七八糟，幾秒後我們便順著山坡滑落下去。沒有了上升氣流，氣球實在是太重了，根本無法維持漂浮。

怎知這時亨利做了一件更驚人的事，他抓住丁奇的肩膀說：「跳出去！」丁奇聞言，乖乖地翻過吊籃跳了出去，只見他拼命用腳頂著山邊石頭，希望能減緩下滑的速度。頭目又撞了一次山壁，然後被彈到空中晃個幾秒鐘，終於慢慢地、搖來擺去地開始上升。亨利鬆開一條繩梯，一端固定在吊籃上，另一頭則朝著丁奇丟過去。

「快抓住繩子，往山頭跑！」亨利大喊。

丁奇跳起來抓住繩梯上的橫桿，把它套在手臂上，使勁地在佈滿樹叢石頭的山坡上攀爬。頭目漂浮在他上方，彷彿是隻巨傘，更加襯托出丁奇的矮小。

亨利摘下眼鏡，用衣角擦一擦。

「我想我們做到了！」他戴上眼鏡說。

然後他低頭看著丁奇，一邊收起繩梯，對他大喊：「把繩子綁到身上！我一給你訊號，就準備往上爬。」

丁奇馬上把繩梯一端纏繞在身上，兩隻手則穿出來緊握橫桿，站好姿勢。

「查理，放一些氣到氣囊裡，可別放太多！」亨利指揮我。

我打開開關，讓一些氣流回氣囊內。頭目馬上就有反應，開始快速地爬升，一會兒就到了山頂。這下我可以看到草莓湖就在下一座山的另一側，我當然也看到動作像隻靈敏松鼠的丁奇，迅速從繩梯下頭爬上來，亨利和我合力將他拉進吊籃裡。丁奇進來後，笑得像馬戲團裡的小丑一樣，不斷唱著：「晴天高高，白雲飄飄，『丁奇』當空在微笑……」此時我們已經快速上升到氣流層裡，恢復到之前勇猛前進的速度。山頭已過，再也不用擔心漏斗雲，我們已經邁向比賽的最後階段了。

經過這一番折騰，我們終於又有時間尋找青蔥的身影。它已經變成遙遠上空的一個小黑點，和我們相比，絕對不會離長毛象瀑布鎮近多少。我們翻山越嶺花掉的時間，它通通用來垂直上升啦！如果我們現在搭乘的順流風維持不變，頭目馬上就能大大超前他們。但是有沒有這個優勢，對結局的影響並不大，因為青蔥又出了別的狀況了。

我們抬頭看，上空的小黑點突然急劇變大，青蔥顯然已經擺脫漏斗雲了；不過它下降的速度，簡直像隻受了傷而無力飛行的鴿子。亨利搶過我手中的望遠鏡，親自觀察不斷下降的青蔥。

「他們又有大麻煩了！」亨利看了一分鐘才開口說：「哈蒙洩掉了太多氣體，我光看氣囊的皺摺就知道了。這實在是一個致命的錯誤，當你陷到上升氣流裡，最好的方法就是放任氣球飛行。如果你放掉一堆氣，等到上升氣流突然不見，你就沒有足夠的浮力可以飄在空中，就像現在的青蔥！」

「接下來會發生什麼事？」丁奇問。

「他們還是會慢下來的，因為越往下掉，四周的空氣會變得越濃密，增加了阻力。但是就算慢下來，照他們的速度，我想青蔥還是會掉到湖裡去！」

亨利透過無線電呼叫傑夫，拜託他叫草莓湖巡邏隊待命。

然後亨利又繼續指揮我調節氣囊。「啟動壓縮機！」他說：「我們經過湖面時要降低高度，也許有機會去救哈蒙他們。」

「救他們？你瘋了！」丁奇大叫起來：「我們的目標是要贏得比賽耶！」

「也許沒有人贏得了比賽。」亨利說：「你開始檢查用來鬆開救生筏的繩子吧。如果我們能靠近他們，也許就用得到救生筏了。」

我們利用救生筏做吊籃時，就做了可以放開的機制，以備需要用到救生筏或需要減輕重量時使用。萬一我們真的必須丟棄救生筏，吊籃底部還有厚重的帆布，可以支撐我們的重量。

現在我們終於飄近湖面，三個人都緊盯著青蔥看。哈蒙一夥人把所有可丟的東西都丟了，想要降低他們掉落的速度；他們可不是只丟沙包而已，連衣服、褲子、襪子、球鞋全都被他們拋掉，飛落到湖裡。可惜這些努力發揮不了半點作用，我們眼睜睜看著青蔥像隻死鴨子般，啪啦一聲摔入水裡。

青蔥撞擊水面的力量太大，讓吊籃翻倒了！史東尼和巴茲都被甩到湖上，哈蒙則勉強抓住了氣球上的繩索。他跟著還停不下來的氣球滑過湖面，直到沉下去的吊籃拖住了氣球，他才不再被拉著走。我們朝他們落水的地方過去，我關掉壓縮機，讓氣球在水面上方十幾公尺處，慢慢地飄行。

「放下救生筏！」亨利命令。

我們鬆開繩子，救生筏頓時撲通掉到水面上，離史東尼和巴茲不到一百公尺。落水後就一直在水面拼命掙扎的兩人，聽到聲音後卯足了勁地游過去。這時，亨利把之前收好的繩梯又拿出來。

「準備加氣到氣囊裡。」亨利對我說：「我一給你訊號就全力加氣！我們現在要去救哈蒙，等我們把他拖出水面後，重量一定會增加很多。」

亨利把繩梯對著哈蒙拋過去，大聲叫他游過來。哈蒙正緊緊抱著一個扁掉的氣囊，那曾經是其實還蠻可愛的青蔥，現在只像個浮在水面的綠色小泡泡。小綠泡往我們左邊越飄越遠，繩梯又晃得很厲害，沒有人知道哈蒙到底能不能搆到繩索。

哈蒙非常努力地朝繩梯游去，我們幾乎是屏住呼吸看他移動的。亨利盡可能地把繩梯放出去，哈蒙也爭氣地游到了繩梯前，他一手抓住橫桿，我們緊張的心才稍稍平息一些。可是，大挑戰還在後頭呢！哈蒙加上來的重量立刻影響到頭目的飛行，我們驟然下降。我沒等到亨利給我指示，就打開空氣閥加氣；我們在離水不到三公尺的高度把哈蒙拖出湖面，然後頭目就在瘋狂的搖動中勉強上升了。

「做得好，查理！」亨利大聲對我說，又低頭向哈蒙喊：「再撐一下！我們會把你放到岸邊的。」

這時，遠在湖另一邊的巡邏艇也出動了，他們去營救救生筏上的史東尼他們。而我們雖然增加了哈蒙的重量，但也調整好氣囊，平穩地在空中飛行。我們很快到達湖西邊的沙灘上方，亨利把繩梯放掉，哈蒙便摔到沙子裡。緊接著，一個三明治也落到哈蒙旁邊。丁奇的頭從吊籃邊探出，對著哈蒙大喊：「我怕你趕不及回家吃飯，這個三明治送你！」

少了一個人的重量，我們很快就增加高度，飛越湖西邊的矮丘和樹林。沒多久，博覽會的會場終於映入我們的眼簾。亨利和我再環視四周，看看空中有沒有其他氣球的蹤影；雖然我們看到了三顆氣球，但他們實在落後我們太多，連湖那頭的山都還沒越過。除非天塌下來，勝利應該是我們的了。

我們越過終點前的最後一座山，開始斷斷續續地把氣打出頭目。我也調整氣囊底部的操控桿，讓氣囊慢慢變小，如此才能漸漸降低高度，平順滑進會場。在亨利的指揮下，我們漂亮地從群眾頭頂上方一點點的地方飛過，完美地降落在會場正中間。我們丟下固定繩，然後上百個人湧向我們，抓著固定繩要把我們直接拖到司令台去。

司令台前的樂隊，從我們越過最後一座山時就開始奏樂了。他們不停地奏著「凱旋進行曲」，再加上群眾的歡呼尖叫、煙火爆竹的劇烈聲響，整個會場充滿了震耳欲聾的噪音。人們跑過來看頭目，吊籃被推擠得東倒西歪，丁奇站在裡面又要不行了。他決定要落跑，偷偷從旁邊溜出去，群眾也沒人注意到他。最後普特尼警長和管區的比利．道爾警察硬是撥出一條路，護送亨利和我到達司令台。

司令台上，斯桂格鎮長正對著群眾揮帽微笑，黛芬．摩頓則捧著一大束花站在他身旁。她漂亮的臉龐此刻紅通通的，努力裝得很正經，但又怕風吹亂了她的頭髮。不過她總算是撐到了博覽會之花的花冠戴到她頭上，而這都是我們的功勞！

等到所有的演講和音樂都結束了，我們才去找丁奇。結果他是待在查克的破車裡，和幾個《長毛象瀑布報》的記者交談。其中一個記者問他長大後想不想當太空人，丁奇搖了搖頭。

「不！」他說：「我還比較想當鐵路工程師，或是……或是演員！」

「他的腦袋有點摔壞了，」費迪在一旁插嘴：「你們知道嗎？我把他的午餐吃掉，他也沒反應。他甚至連平常最愛的奶昔都不要了！」

煙囪裡的怪聲

丁奇．卜瑞的眼睛瞇成兩條線，雀斑鼻子也皺了起來，就為了要把遠方的人影看清楚一點。他正站在藍莓山的蜿蜒山路旁，手伸出去指著路的那頭。

「那個朝哈克尼斯大宅丟石頭的，不就是你的堂弟哈蒙嗎？還有幾個女生跟他混在一起耶。」丁奇說。此時的陽光正刺眼，費迪．摩頓得用他的肥手遮在眉頭，才能看見丁奇指的地方。藍莓山上林木蓊鬱，但樹影間仍可看到荒廢的哈克尼斯大宅，宅第屋頂的山形牆和煙囪聳入天空，雖然擁有許多落地長窗，外表卻早已斑駁。費迪看到他的堂弟哈蒙，和一群女孩聚在老屋前的空地上。哈蒙對著屋子的寬大走廊丟石子，又朝靜靜佇立的牆壁揮舞拳頭。

「沒錯，那個人就是哈蒙！」費迪說：「這個瘋子在做什麼呀？我們鑽過林子，去看他到底在搞什麼鬼。」話才說完，兩人就翻過路邊的石牆，一溜煙地穿過林子，繞到了老屋的後面。這座原本豪華的大宅第，自從它的主人賽門・哈克尼斯十年前過世後，就一直空蕩蕩、孤伶伶地守在樹林中。

如果一切傳聞都是真的，賽門・哈克尼斯大概是個非常討人厭的老傢伙。世上要是真有一種人以製造麻煩為樂，那這位先生一定是其中的佼佼者。不過因為他有錢得不得了，人們只敢奉承他，替他的惡劣找一堆藉口，但從沒有人是真正喜歡他的。就算他死後，因他而起的麻煩也持續不斷。因為他沒留下遺囑，龐大的財產便成為親戚們搶奪的目標；本來有血緣關係的人，如今你爭我奪，反目成仇。這也是為什麼昔日豪宅會變成現在荒煙漫草的原因。

在夏日，許多人上山採藍莓，便會在老屋前的空地上野餐。跟著上山的孩子，常常趁大人不注意的時候，溜到大宅殘破骯髒的房間內玩耍。但是到了冬天，那附近就變得人跡罕至了。鎮上警局的管區警察比利・道爾，按理應該要定期來這裡巡邏，但他不可能老是顧著這間空屋。漸漸地，大宅開始傾頹，小偷也溜進去搬走還有價值的東西。

丁奇和費迪已經繞到老屋後面，他們爬過矮樹叢，從圍著大宅的雕花鐵欄杆外偷看裡面。房子前面的人有哈蒙、哈蒙的姊姊黛芬・摩頓和另外三個女孩。他們站的地方，野草已經長到有膝蓋那麼高，誰能想像這曾經是長毛象瀑布鎮最漂亮的私人花園呢！

哈蒙撿起一顆石頭，對著老屋二樓的一個破窗戶丟出去，結果丟得不夠遠，石頭砰地一聲掉在前面走廊的屋頂上。他舉起拳頭，對老屋大叫：「臭老鬼，有膽就出來較量、較量！」

他轉身大笑三聲，旁邊的女孩故意裝成花容失色的樣子，還驚聲尖叫。

「假惺惺的大傻瓜！」丁奇說。

「沒錯，噁心極了！」費迪附和。

哈蒙又丟一顆石頭出去，這次石頭敲到了窗框，再彈回地面。然後哈蒙跑到老屋的大門前面，上上下下跳動，雙手發瘋似地狂揮亂舞，還對著破窗爛牆亂叫。他表演夠了，才轉身背對房子，抬頭挺胸手插腰，朝著女孩露出笑容。

「不要臉！」費迪說。

「沒錯，無恥極了！」換成丁奇附和。

就在這時，老屋前卻傳來女孩尖銳的聲音：「哈蒙，你下來！」其中一個女孩說：「你不知道接下來會發生什麼事！」

「哎，膽小鬼，」哈蒙說：「你們女孩子不要什麼都怕嘛！」

哈蒙為了展現他的勇敢，反而回身衝到大門前，狠狠地在門上踹幾腳，誰都看得出他弄痛了自己的大腳趾。老屋被他一踢，四壁響起了轟隆隆的回音，屋頂上一片大石板頓時鬆動，整個垮到門口突出的屋簷上；這一撞，又讓石板碎成無數裂片。哈蒙轉頭就跑，卻來不及看該往哪裡衝，結果被一根鬆掉的地板木頭絆倒，四腳朝天摔下了階梯。他擦傷了一邊的膝蓋，不過卻表現出一副沒事的樣子，又站了起來揮揮拳頭。但這次，他倒沒有再轉身面對老屋。

女孩們邊尖叫邊偷笑，然後有人開口說：「我們走吧，我真的有點害怕。」

「好吧，」哈蒙毫不遲疑地說：「既然妳們會怕，我們現在就回去鎮上。不過，我今晚還要再過來。」

「你相信嗎？」費迪搗著嘴問丁奇。

「哼，鬼才相信！」

「哇，鬼屋！我夢想能有一棟鬼屋已經好久了！」亨利．摩里根興奮地大叫。丁奇和費迪回到傑夫．克羅克家穀倉——也就是俱樂部的固定聚會所，告訴大家他們早上在哈克尼斯家看到的事。亨利聽了先是非常興奮，然後便靠到牆邊坐著，手插進口袋，靜靜地瞧起屋頂的大樑來。我們都知道他一定在打鬼屋的主意，於是大夥也全都不出聲，等著聽他叫我們玩什麼把戲。

「想好了嗎？」傑夫率先開口問。在這段靜默的時間裡，他一直拿根柳條削個不停，好像是要做一支笛子。

「荷馬．斯諾格瘦得不得了，對吧？」亨利問。

所有的人都點點頭，除了荷馬本人。不過這是因為他根本不在場。

「我覺得他蠻適合扮演一個骷髏，應該會很像！」亨利說。

瘋狂科學俱樂部，便是這樣捲入哈克尼斯大宅的謎團。

那一天，趁著天沒黑之前，我們已經把實驗室一半的器材都搬到老屋去。既然哈蒙宣稱他有膽在晚上去闖一闖，那我們當然要把那裡弄得越恐怖越好。

說實在的，哈克尼斯大宅真的是全世界最適合扮鬼屋的地方了。它已經有一百多年歷史，建地遼闊，房間一大堆，到處又都有煙囪和壁爐。房子建好沒多久，當時的主人再裝設了中央暖氣系統。那個位在地下室的龐大暖氣鍋爐，佔據掉整層樓的一半；往各個方向伸出的管道，更讓它看起來像一隻巨無霸章魚。這些管道穿過地板和牆壁，通到每個房間，裡面寬大得足夠一個人爬行。此外，房子的天花板和真正的屋頂間，其實還有一個夾層，藏著運送碗盤和衣物的通道，這些通道全都可以直接接到地下室。而樓下的廚房也有專門輸送食物的吊車管道，能夠直達三樓的房間去，這些輸送道到現在都還是暢通的。

「這真是個藏鬼的好地方！」我們徹頭徹尾繞了一圈，傑夫忍不住讚嘆。

「我們絕對會給哈蒙一個超酷的見面禮！」亨利得意地說。

亨利接著開始分配任務。天黑之前，所有人已各就各位。丁奇吊坐在巨大的中央煙囪裡，他的位置正是鍋爐熱風管進氣的地方，所以要是丁奇鬼叫起來，聲音便可以穿過所有的暖氣孔，在整個房屋內迴盪。負責演骷髏的荷馬，直挺挺地站了整個下午，讓亨利和傑夫幫他全身貼上螢光貼布，作出一副可怕的死人骨頭樣。莫泰蒙・達倫坡也一起扮鬼，但是扮相可不一樣，他是把一條沾滿螢光漆的床單繞著脖子披起來。我跟費迪裝了幾盞紫外線燈，只要他們兩人一站到燈光前，身上便發出詭異的暗綠螢光，活脫像是兩個來自第三世界的鬼。莫泰蒙因為頭上沒有螢光布，黑暗中像個無頭鬼；荷馬則有頭有腳，比較像從墳墓爬出來的死人。傑夫又交給荷馬一對響板，好讓荷馬跳著自己發明的骷髏舞時，還可以發出啪啦啪啦的聲音。

我們裝的紫外線燈，一盞放在客廳外的陽台，這是荷馬要跳舞的地方，燈光可以反射出他一身的骷髏骨頭。另一盞掛在門廳前的迴旋梯上方，那裡是莫泰蒙表演的場地。亨利和傑夫在二樓更衣室設了指揮中心，亨利在牆上挖了幾個偷窺洞，這樣在挑高二樓的客廳與門廳裡發生的事，他們都可以看得到。

費迪和我裝好燈之後，還另有任務。費迪負責到屋頂閣樓拉動地上的鏈條，同時等待亨利的指示，發出更多鬼叫。至於我的工作，則是操作食物輸送吊車，利用它貫穿每層樓來到處製造混亂。我們還吊了一條繩梯在送衣物的管道裡，這樣我只需一眨眼的工夫，就可以從三樓溜進地下室。

哈蒙既然對女孩們誇口要回來大宅，果然不敢不出現。可憐的他，即將要接受全世界最嚴酷的膽量考驗！他為了壯膽，找來史東尼．馬汀和巴茲．馬考利夫陪伴。我們可以聽見他們從地窖窗戶闖進來的聲音。他們慢慢爬上樓梯，亮著手電筒進到一樓，而我們始終保持沉默。等他們放下戒心，費迪才開始拉動閣樓的鏈條，丁奇也從他的位子發出可怕的叫聲。

哈蒙三人立刻轉頭要回到下地窖的樓梯，可是還沒走到樓梯口，所有的聲響卻不見了；沒一會兒，那些怪聲又迴盪起來。這次，他們三人在大廳低聲討論一下，決定要壯起膽子上樓瞧瞧。他們靜悄悄地爬在中央迴旋梯上，就在此時，客廳壁爐上方掛的哈克尼斯肖像畫，突然砰地一聲摔到地板上，哈蒙他們趕緊衝下來，跑到客廳用手電筒四處勘查。誰知道又有兩張畫接連掉了下來，讓他們三人頓時嚇破了膽！巴茲鼓起勇氣用手電筒去照掉下畫的那面牆，然後檢查一下畫框和牆壁。

「嘿！哈蒙，」巴茲壓沉了嗓子，卻還是忍不住大聲地說：「這牆上根本沒有可以掛畫的地方耶！」

「大概是掛勾掉了。」哈蒙說：「好了，別管那些了！」

「這圖不可能是用掛勾吊的，」巴茲還是在意那張圖，他說：「它後面連鐵絲也沒有，怎麼吊得起來？」

「我叫你別管它了！」哈蒙說。

「這真是個鬼地方！」巴茲說，隨手便把圖丟回地上。

這時，骷髏荷馬在客廳另一頭的陽台跳起舞來，巴茲的眼角正好掃到他。

「唉呀！」巴茲尖叫一聲，立刻把手電筒轉向陽台，但他現在什麼也看不到。

「你是怎麼了？」哈蒙問他。

「我剛剛看到陽台上有一個鬼！」

哈蒙也拿他的手電筒去照陽台。「膽小鬼！」他說：「別害我們都跟著嚇死，好不好？還有，不要叫那麼大聲！」

「我真的看到一個鬼！」巴茲非常堅持。

史東尼在一旁，終於忍不住哼了一聲：「好！你說有鬼，什麼樣的鬼？」

「好像有蛋臭掉的味道。」哈蒙插嘴：「一定有什麼東西死在這附近！」

「我就說我真的看到一個鬼呀！」巴茲有點生氣地說。

哈蒙聞到的臭味，其實是我利用地下室鍋爐生一點小火，再丟了幾把硫磺粉進去而產生的。我玩完這個小把戲，便迅速從衣物通道的繩梯爬回一樓。

「呼！怎麼越來越臭了？」哈蒙一邊抱怨，一邊拿手電筒照來照去。

「嗯，臭味好像是從這個暖氣孔出來的，八成是有死掉的東西在地下室裡。」

這時，陽台那邊又有一陣啪啦啪啦的聲響，哈蒙三人全都轉頭去看。就在那一剎那，他們都瞥見了骷髏荷馬消失在陽台的欄杆後。哈蒙嚇得叫了出來，三人一起衝出客廳，飛也似地跑到門廳去。門廳裡寬敞壯觀的樓梯，此刻卻從最上面飄出一個無頭鬼，在一片漆黑中發散出昏暗詭異的螢光。它沒有雙腳，騰空搖擺著身軀，跳著令人毛骨悚然的鬼舞。

硫磺燃燒發出的臭蛋味，現在已經瀰漫整座大宅；一道道哀傷的歎息聲，彷彿從屋子的每個角落一起竄出，然後在空蕩蕩的房間裡繚繞迴盪。客廳那頭的陽台，也突然迸出響板喀拉喀拉的清脆聲響；這一切，已經讓哈蒙三人再也無法承受，抱著頭便往來時的樓梯衝！他們經過廚房時，我躲在食物輸送道口，丟了一支掃把出去，巴茲就這樣被我打到腳踝。他兩手一攤摔個大跤，卻硬是努力爬起來，衝過哈蒙和史東尼，第一個跑到外面去。

「有個黑東西要抓我！」他飛奔過另兩個同伴時驚聲大叫。他嘴巴還沒合起，就衝開了地窖的窗戶。

這三人拼了命跑過庭院，滾下藍莓山路。如果他們有膽往回看，就應該會看到屋頂閣樓窗口掛了一盞昏黃的燈籠，在黯淡夜色中晃啊晃。傳聞賽門・哈克尼斯生前總是坐在這裡，用望遠鏡查看鄰居有沒有侵犯他的土地，一坐就是好幾個鐘頭。頂樓的燈籠是我們今天的最後一場戲，等哈蒙遠離後，我們全都在老屋裡笑翻了天！然後大家便把帶來的裝備收一收，回家睡大頭覺去。

沒過多久，整個長毛象瀑布鎮都在流傳哈克尼斯大宅鬧鬼的事。接下來的一個禮拜，好幾次有人瞧見到大宅頂上的昏黃燈光；但是這些號稱自己經過那裡的人，都只是匆匆打前面走過，別人問起細節只能吞吞吐吐地回答。不過，人們對鬼屋的好奇心，只會隨著越來越多的傳言而不斷升高。白天的時候，總有大批的人在老屋外面繞來繞去，有人走上前從破掉的窗戶窺視裡面，要不就是鼓動別人進去闖闖，但可沒有人敢真的進去探探究竟。

傳言越傳越離譜，最後哈洛德．普特尼警長出來說話了。他命令管區警察比利．道爾前去大宅，徹底搜索整座房子，把所有關於鬼怪的謠言都給調查清楚。普特尼警長特別聲明，他本來很想親自去調查，可是他早就安排好要陪斯桂格鎮長打高爾夫球。所以當道爾警察問他可不可以在白天進行調查時，他很爽快地答應了，還說：「當然要白天去，你晚上能看到什麼東西？」

這消息傳到俱樂部，我們馬上開了一個會，商討因應對策。

「我不想再扮鬼了。」莫泰蒙說：「搞不好人家因為看不到我的腳，就把我抓起來！」

「你在開玩笑啊！」傑夫說：「你那套衣服白天一點用也沒有，比利．道爾是今天下午就要去耶！」

因為比利．道爾持有合法的搜索令，所以他不像我們得找小門破窗闖進去，他是拖著沉重的步伐，穿上代表公權力但有點不合身的警察大衣，直接走到哈克尼斯大宅的前門。他稍微看了一下門前鬆動的木板，便拿出鑰匙，打開門走進去。他火速瞄過一樓，準備要離開。這時，一個沙沙的聲音引起他的注意，這聲音似乎是從客廳的壁爐傳來的，他躡手躡腳走進客廳，緊張地四處看看；他的警棍在屁股後頭晃個不停，和他平常在鎮上廣場巡邏時沒什麼兩樣。

「是誰？」他發出的聲音簡直比初生小貓還小聲。

沒有任何人回應他。既然如此，道爾便又準備要離開。他不過是在轉身時小小地呼了一口氣，剎那間客廳裡掛的畫卻全部掉到地上，害他像是隻受到驚嚇的小兔般跳了起來。他瞪大眼睛，看著客廳，然後一步步走到畫前面，仔細檢查每張畫和上面的牆壁；看完那些畫，他踱到客廳正中央搔起頭來。就在此時，樓上的鏈條噹啷噹啷地發出聲響，接著一樓廚房爐子的鍋蓋也啪啦掉到地上，道爾先快速跑到門廳，然後便慢步、輕聲地往另一邊的廚房前進。

趁著道爾往門廳過去，我趕緊溜進客廳，把掉下來的畫通通「掛」回牆上。我們耍的「無勾掛畫法」其實超級簡單，亨利事先把電磁鐵放入掛畫的牆壁裡，再將小鐵片黏在每個畫框的內面；如此一來，只要他切斷通到電磁鐵的電流，畫就全部掉下來了！

道爾可能根本沒膽在廚房停留太久，煙囪傳來一點沙沙的怪聲，馬上就讓他衝回客廳。他站到客廳中央，看著所有的畫又回到牆上，目瞪口呆了好一會兒。他終於鼓起勇氣走到煙囪前，忍不住抬頭盯了賽門・哈克尼斯的肖像畫一眼，怎知道這畫就突然摔落到他腳前！他反射性地往後一跳，警棍也跟著晃得厲害。這下他決定要輕聲地步出客廳，他一面朝門廳走，一面張望牆上的畫；才轉身，又有畫砰砰地掉下來！

道爾可真是嚇到了。他衝到前門要走，但食物輸送吊車運轉的聲音又使他停下腳步。他告訴自己要鎮定，然後把警棍握到前方，踮著腳往廚房去。聲音似乎是從輸送道的門口傳出的，他躡手躡腳走到門前，一手拿著手銬，一手緊抓警棍，然後把耳朵貼到門上傾聽。他壯起膽打開門，卻整個人嚇得倒退好幾步，淒厲的叫聲更是直達雲霄。原來輸送道的門內，竟有一個上吊的死人！

這一次，再也沒有任何事情可以留下他的腳步了！他死命地跑回鎮上，把一切經過報告給普特尼警長。這時警長和鎮長都還在高爾夫球場上，他硬是拜託兩位長官一定要立刻過去哈克尼斯大宅，於是一行人都來到了老屋。就在他離去的這段時間裡，我們已經把那具櫥窗用假人拆下來，也將屋內一切恢復原狀。道爾警察雖然努力想說服鎮長和警長，他曾經在這裡有過可怕的經歷，可是現在他們走遍了老屋內外，卻是一點奇怪的發現也沒有。整個大宅都巡查過了，普特尼警長冷冷地看著比利・道爾。

「你最後一次休長假是什麼時候？」警長問。

「我也搞不清楚。」道爾答，順便用警棍頂了一下帽子。「也許是八年前吧，我帶我太太去大熊湖。」

普特尼警長看看斯桂格鎮長，斯桂格鎮長則望向道爾。「我是這麼想的，」鎮長說：「應該讓管區警察好好休一個長假才對。」

「休一個長假！休一個長假！」煙囪裡傳來唏噓的回應。

「沒錯、沒錯。」鎮長順口接話。

「那是什麼聲音？」普特尼警長忽然反應過來，衝到客廳去。

「怎麼啦？」鎮長完全搞不清楚狀況地問。

「我發誓，我聽到煙囪傳出怪聲！」

「怪聲?也許是燕子飛進去吧!」鎮長笑說。
「不會是燕子的,長官!我聽到的是一整句人講的話。」
「也許你也該休息一下。」鎮長正經地說:「你最近球也打得不太好!」
「那只是跟您打的時候。我真的不用什麼休息!」警長答。
「好吧,那我們可以走了。」鎮長說完,就走向門口。「這地方顯然沒什麼可怕嘛!」他又說。
「這我不敢確定,」普特尼警長摸摸下巴說:「我在想,也許管區警察看到的東西是真有那麼一回事。」
「喔,警長!」鎮長說:「你的想像力也太豐富了吧!」
「我們要不要來打個賭?不用賭太大!」
「我不是那種愛打賭的人。」鎮長回答:「不過,要是你真的一時糊塗,相信這房子鬧鬼,我倒不介意跟糊塗人賭一把!這樣吧,就賭個一百塊,如何?」
「不用真的賭錢啦!再說,我不是說這間房子是鬼屋,我只是說,比利·

道爾看到的東西也許真的存在。我感覺到這裡有說不出的鬼怪，我只是想賭您不敢在這屋裡過夜！」

「那就賭頓牛排大餐！」

「好，牛排大餐。」

「沒問題！」鎮長大笑：「你等著瞧，以後絕不會有半個人說我怕鬼！」

那晚，我們看見一輛警車載著鎮長和警長一起來。警長護送鎮長進到門前走廊，幫他開了門。鎮長便大步跨入老屋，一手抱著睡墊，一手提著燈籠。

「您介意我把門鎖上嗎？」普特尼警長問：「我真心誠意不希望您打賭輸掉！」鎮長還來不及回話，他就走出門，從外面上了鎖。

我一直在屋頂閣樓監視，所以非常確定警車已經離開大宅前院。它沿著藍莓山路開沒多久，便停到路邊，車燈也熄了。這讓我十分確定警長和道爾警察還會再回來，我溜下樓去警告亨利和傑夫。

果然不出我所料，這兩人很快就回到老屋。他們從當初哈蒙闖入的那個窗戶爬進來，我們仔細聽他們的動靜，想判斷他們到底去了哪裡，可是一點聲音也沒有。顯然他們想靜靜待在地下室，起碼等到斯桂格鎮長睡著了再說。

「我們現在怎麼辦？」我低聲說：「我可不想被逮捕！」

「那就好好演一場！」傑夫同樣低聲地回答我。

這時，斯桂格鎮長已經在客廳一角準備睡覺了。他把燈籠放在地上，靠著那微弱的光線，亨利和傑夫正好可以偷看到他的動作。他把充氣睡墊鋪平，然後開始打氣。我趁這時鑽進食物輸送道，製造好像有人在廚房走路的聲音，斯桂格鎮長立刻穿過門廳去廚房尋找聲音的來源。我又趕快從餐廳溜到客廳，把他的睡墊放氣，燈籠也吹熄。我踮腳爬上樓，進到一個衣物管道內，輕輕滑到地下室監聽另外兩個人。

一開始，我聽到的全是普特尼警長的聲音，他抱怨躲在那兒無聊又不能抽雪茄。接著我便聽到他們小聲討論要怎麼嚇唬鎮長，好贏得這個賭注。我又等了好一會兒，才聽到兩人挪到大鍋爐旁的聲音。他們打開手電筒，照照鍋爐裡面，然後開始研究哪一條才是通往一樓的暖氣管。他們找出其中一條大管，確定它是連通鍋爐和客廳的，就打開鍋爐的氣罩門；這個門十分寬敞，因為要讓人可以在裡面清理暖氣管。普特尼警長跟道爾警察咬耳朵一番，最後就把道爾塞到裡面去，然後自己靜悄悄地上樓到廚房。

我現在可清楚聽到道爾在暖氣管裡爬往客廳的聲音，這時警長也快爬上樓了。我溜出衣物管道，把鍋爐後面的氣罩門關上。這門只能從外面開啟，所以，除非有人在外面幫忙，否則道爾恐怕就要在暖氣管裡待上一整夜了！

我回到衣物通道，利用繩梯往上爬，一場瘋人院般的好戲應該就要上演了！一陣狂猛的咳嗽聲突然在整座房子裡迴盪起來，咳聲方停，卻又傳來哭喊救命的聲音。糟糕！是丁奇！

我爬到二樓，跑去可以瞭望一樓的陽台看。斯桂格鎮長剛剛在廚房裡發現些乾柴，就自己回到客廳壁爐裡生了一點火。站在壁爐前的他，聽到怪聲直接抬頭張望煙囪，看看是怎麼回事。不過每次他打開煙囪的氣門，想把火爐裡的煙排出去，卻又馬上把氣門砰地關了回去，因為濃煙嗆得他拼命咳，又燻得他滿臉灰。我知道我們得趕緊行動，要是再這樣下去，躲在煙囪裡的丁奇恨快就會變成一隻大烤鴨！

我跑到屋頂去，荷馬正好在客廳那頭的陽台開始跳鬼舞。他穿著骷髏衣，還利用喉嚨發出咕嚕咕嚕的聲響，斯桂格鎮長嚇得衝到了門廳；而那裡，已經有個更可怕的無頭鬼在等他了。站在中央迴旋梯頂端的無頭鬼莫泰蒙，可不是停著不動裝個樣子，他搖呀晃呀地飄下樓梯來，鎮長的魂都被嚇跑了！他只能繼續往廚房衝，他猛力推過旋轉門，一把就撞倒想上來嚇唬他的普特尼警長，自己也接著撞上了後門。他本以為後門也是個出路，但它早就被木板釘死了，斯桂格鎮長只能像無頭蒼蠅般，在黑暗的廚房瘋狂地繞，拼命想找到離開的路。最後他摸索到運送食物的通道門，他趕快爬進去，並且關上門。

廚房只剩普特尼警長。他痛得在地上打轉，還哎哎叫個不停，顯然連什麼東西撞到他都不知道。

這段刺激的鬧劇一進入廚房，莫泰蒙就退回到二樓去。他從廳堂露出的剪影，隱約看到傑夫在對他猛招手。傑夫在二樓的一個食物通道口旁，等莫泰蒙跑到他身邊，便低聲對他說：「斯桂格鎮長進到吊車裡了！我打開通道門，你就把碗盤吊車拉個三公尺，也許我們可以把鎮長困在樓層之間！」

兩個人一說完就立刻行動，然後又把吊車的纜繩緊緊地固定好。堂堂長毛象瀑布鎮的鎮長，就這樣被我們困在暗矇矇的管道裡！

人在屋頂的我，先和費迪會合。我們爬出窗子，走在屋頂上，只為了營救仍在煙囪裡的丁奇。還好我們很快就找到最大的那支煙囪，合力把吊著丁奇的繩子拉了出來；他看起來又黑又髒，眼裡還含著淚水，幸虧並無大礙。我們把他推到二樓去休息，也在那裡聽到了食物輸送管道裡的拍打聲和求救聲。但發出聲音的不是只有鎮長而已，遠遠的地下室，也傳來警棍敲擊金屬的聲音，顯然我們已經成功困住兩個人了。這時，傑夫和莫泰蒙一起自黑暗中出現。

「還剩下廚房裡的警長。」傑夫低聲說：「有人在求救，我猜他馬上就會上來看。我們該準備專心對付他了！」

我們可以聽見普特尼警長在門廳碰碰撞撞的聲音。他點燃一根火柴，然後進到客廳，把斯桂格鎮長留下的燈籠弄亮，便提著它上樓。他隱約看到了無頭鬼和骷髏在跳舞，但由於他的燈光，反而讓鬼不容易被看清楚，兩個鬼決定要分頭跑掉。他們發出詭異的笑聲逃走，警長則努力要追上他們。

荷馬躲到了一間臥室的門後，但莫泰蒙繼續朝著通往三樓與頂樓的樓梯跑。莫泰蒙明明是個飛毛腿，但他卻故意只跑在普特尼警長前面一點，好讓警長還稍微看得到他的「鬼影」。等他快到頂樓，便把身上鬼袍脫下，掛到釣魚線上；那根釣魚線是綁在位於屋頂閣樓的滑車上。然後他躲到一個櫃子裡，可是鬼袍呢？仍舊繼續往頂樓飄升。緊追不捨的警長跟到了閣樓，打算從後面偷襲這個無頭鬼，費迪卻從他後方門口跳出，乒乓關上了門！普特尼警長也被鎖住了，屋頂閣樓成為他整夜的棲身所。

「我相信這個大宅真的是棟鬼屋！」我們穿過林子要回鎮上時，費迪突然回頭指著老屋說。我們全都回頭再看老屋一眼，普特尼警長還在閣樓晃著鎮長的燈籠；我們仔細聆聽，微弱的敲擊聲和求救聲也都還在。

「你別傻了！」莫泰蒙說：「我可是什麼也沒看到。」

「我也一樣！」荷馬附和。

那天深夜，藍姆．柏金和強尼．索梅斯坐在藍姆的貨車上，正好從提爾頓村批發完肉品，路過了顛簸的藍莓山路。

「嘿，那不就是哈克尼斯大宅頂上的燈嗎？」強尼說。
「我沒看到什麼燈。」藍姆答。
「在那兒！」強尼舉著手說：「喔哦，又不見了。也許我們該停下來！」
「有些人的想像力實在太過豐富，」藍姆說：「就算我看到燈，我也不會相信什麼傳言。那房子已經空很久了耶！」
「也許你是對的，」強尼答：「管這些閒事又有什麼好處呢？」
「更何況是死人的事！」藍姆加重語氣，然後全速離開山路。
這一整個晚上，斯桂格鎮長和道爾警察在黝暗的管道裡無助地拍打，普特尼警長則在高高的閣樓內寂寞地搖著燈火，三人都得不到半點回應。一直到第二天近中午，黛芬．摩頓跟幾個朋友過去看老屋，才把他們救了出來。
那之後，警長再也不去調查關於大宅的任何傳言。而鎮長呢？只要有人提起哈克尼斯，他馬上面紅耳赤。多數鎮民還是覺得沒有鬼魅這種事，至於鎮長和警長的表現，大家寧願相信，可能是他們不喜歡人們接近那棟破房子吧！

暗夜搜救

「如果你想在大海中找到遺失的針頭，一定要有目標、有方法地去找。」亨利．摩里根說：「要不然，就真的會變成『大海撈針』了！」

丁奇．卜瑞聽了他的話，卻聽不出裡面的意涵。丁奇在俱樂部裡排不上是最聰明的前幾個，但亨利就不同了。他對任何事總是能正確又快速地判斷，這一次，當然也不例外。

這一天，鎮上發生了大事。空軍一架戰鬥機在長毛象瀑布鎮上方失事爆炸，軍方派了一大堆人來尋找飛行員的下落，全鎮也都動員協助。可惜搜索進行了一整天，沒有任何重大的發現。亨利和我代表瘋狂科學俱樂部去找斯桂格鎮長，表達我們願意幫忙的意願，鎮長卻嫌我們礙事，一口就回絕掉。

「我不需要你們的幫忙！」斯桂格鎮長當時滿頭大汗，暴躁地對我們說：「只要你們瘋狂科學俱樂部插手，就會搞出大麻煩！拜託你們回家睡覺，不要再煩我了。」

「鎮長先生，我們真的有個好計畫——」亨利鍥而不捨地說。

「我沒有空管你們有什麼計畫，孩子們！鎮上業餘的、專業的單位都出動了，那些警察和民兵都知道該怎麼尋找飛行員。萬一你們到林子裡亂繞，迷了路，我還得派人去找你們呢！拜託，別鬧了！」

鎮公所會議室裡擠著一堆人在看地圖，其中一位身著空軍制服的高大男子，突然走過來對鎮長說：「請等一下，鎮長先生！」這名男子就是西港空軍基地的馬其上校。

「我想任何人願意給我們協助，我們都不應該拒絕吧？」上校說：「如果失事飛機的飛行員還活著，不見得能夠撐過今晚。可是天馬上要黑了，空中搜救就必須暫停。如果這些孩子願意幫忙，何妨讓他們試試？我看不出這樣對大家有什麼不好。」

「您，您不了解這些孩子！」鎮長說。

「這些孩子不就是什麼探險隊的隊員？」上校問。

「他們自創了一個『瘋狂科學俱樂部』。上校，您聽聽那是什麼名字？自己都說自己是瘋狂耶！」

上校笑笑，直接轉頭問我們：「你說，你們有個計畫？」

亨利和我點點頭。

「說來給我聽聽。」上校對著我說。我根本不知道計畫的內容，但我知道，該閉嘴的時候就要閉緊嘴巴。

「這是個秘密！」亨利替我回答。

「你有看到飛機爆炸嗎？」

「沒有，但是有位傑森．巴納比先生看得一清二楚。飛機是在他的蘋果園上方爆炸的，當時他正在犁田，果園就在布瑞克山上。」

「我們知道飛行員有逃出飛機，」上校說：「因為機內的彈射椅已經不在了。你知道他可能會掉到哪裡去嗎？」

「關於這點，我是有個想法。」亨利表情認真地說：「但我需要先進行一些實驗才能確定。」

「什麼樣的實驗？」

「這是秘密資訊。」亨利語帶保留。他移動了一下雙腳，有些小聲地對上校說：「您不是我們瘋狂科學俱樂部的成員，所以……」

「好了，我知道了。」上校笑著說：「你們放手去做你們的實驗，什麼樣實驗都行。等你決定好要參與搜救，就來跟我說，我會協調其他人來配合。」

「謝謝您，長官！」亨利回答得十分高興。

我實在不知道該說什麼，只能對上校敬一個大禮，動作大到差點把手插到眼睛裡。然後我們便像兩隻野牛般，卯足了勁衝出會議室。在另一個角落的斯桂格鎮長，看得拼命搖頭。

我們要衝去哪兒呢？當然是要回到設在傑夫．克羅克家穀倉的實驗室。亨利在半路上，便先給了我一些指示。他是個標準的天才，一旦有了點子，便會抓準行動的時間，然後像個超高速電腦一樣全力運轉起來。

亨利說他要先回家拿點東西，所以我們在卡邁爾街分手，我則直接到傑夫家的穀倉去。我到了後做的第一件事，便是按下警鈴；警鈴通到所有成員家中，通知大家：「即刻前來俱樂部集合！」

亨利只比我晚了十五分鐘過來，不過其他人可是全部都到了。傑夫已經叫所有人列隊檢查儀器。亨利最慢才出現，看得出他背包裡塞了兩個黑紙板做的圓筒。

「怎麼這麼慢才來？」傑夫不耐煩地說：「我們都準備好要走了，就是不知道要去哪兒！」

「我必須打個電話，向機場問一些重要資料，所以才會來晚。」亨利說：「好了，我們要去布瑞克山上，比傑森．巴納比果園再高一點的地方。我想查理應該告訴過你們馬其上校說的話了，這是我們展現實力給鎮長看的最好機會，大家一定要全力以赴！我現在沒有時間把細節一一解釋清楚，不過拜託你們先檢查丁奇穿的襪子夠不夠厚，千萬不要像上次夜遊時冷到發抖。」

亨利說完，便抓著荷馬．斯諾格坐到無線電設備前。

「你是火腿族無線電專家，我要請你留守在這裡。萬一我們必須跟鎮公所那裡的搜救中心聯絡時，就只能靠你來處理了。我想他們不會讓我們直接使用他們的頻率，所以我們只帶簡易發射器去。等我們在布瑞克山裝置好後，我會馬上呼叫你。」

在我們俱樂部的聚會所，掛著一張全郡地圖，上面有著清楚的座標方格。亨利將我們打算要去的地方用紅筆圈起來，好讓荷馬知道我們的可能位置。

我們出發後，只花了二十分鐘，便通過傑森．巴納比的果園。不過布瑞克山陡峭的地方，其實從這裡才要開始。離開了好走的馬路，我們就不再那麼俐落輕鬆了。拿我來說，我得幫丁奇揹他的露營用具，所以爬得有點吃力。丁奇因為太過瘦小，笨重的東西就需要人家的幫忙，還好他自己倒還是個爬山高手。費迪．摩頓就不一樣了，他媽是全鎮最會做點心的人，他則是全鎮皮帶壞掉最快的人；傑夫和莫泰蒙．達倫坡必須一起爬在他後面，好在上陡坡時合力推他一把，不然胖得像顆球的費迪，大概會直接滾到山底去！

等我們爬到山頂時，天已經全黑了。亨利先看準山脊南北兩頭各有一棵樹，便叫丁奇和費迪用腳步去測量兩樹間的距離。他們跑出去再大步走回，亨利已經準備好筆記本，記錄他們的測量結果。然後，他攤開一張和俱樂部裡掛的一樣大的地圖，利用羅盤對出實際方位，把地圖的北方朝正北方對好。

亨利帶來的兩個黑色圓筒，此刻也要派上用場了。

「這兩個東西是軍用的降落傘照明彈，」亨利解釋：「它們可以上升到三百多公尺的空中，隨著風向飄移。我們用羅盤追蹤，就可以大概判斷它們落下的位置。我在裡面還裝了無線電發報器，要是照明彈還沒落地就燃燒殆盡了，我們的接收器還是能夠判定它的方位。」

「聽來很酷！」我說

傑夫卻有些擔心地問：「亨利，你老實說，我們發現飛行員的機會到底大不大？」

「如果我的分析沒有錯，我們應該找得到他！」亨利答：「我向西港空軍基地詢問過風向，現在的風向和早上失事時是一樣的。所以這顆照明彈起碼可以讓我們猜出飛行員射出的方向，然後我們再來計算他會彈出去多遠。」

亨利接著指揮大家就定位行動。丁奇攜帶夜用羅盤，爬上北邊的大樹；傑夫拿著無線電方位接受器，坐在樹下。至於南邊那棵樹，則由費迪和莫泰蒙負責，他們的裝備也和北邊的人相同。

亨利自己，就負責點燃照明彈。他走到一棵大石頭上，放好第一顆照明彈，隨即拔掉安全插銷。我們全躲到樹後面，看著照明彈咻地一聲發射出去，垂直衝上天空。

照明彈炸出了無數光芒，一個小小降落傘吊著紅光閃耀的東西，也跟著出現。這個亮物不僅照亮了整座山頭，連半個湖和我們西邊的山谷，也被映照得一清二楚，跟白天的景色幾乎沒兩樣。接著，照明彈開始受到風的影響，在高空中搖擺起來。它一邊往西飄，一邊變得更亮，漸漸靠近湖的北面。

照明彈越來越小，慢慢消失在空中。亨利跑回地圖旁，記下他最後看到的位置的羅盤度數；然後他用對講機呼叫傑夫和莫泰蒙，他們兩人都說仍然可以收到照明彈的訊號。

最後大家集合在一起，亨利把每組得到的羅盤度數都記錄下來，再用圓規和尺在地圖上畫出三個方位。

「真不知道這些鬼東西能幫上什麼忙！」丁奇偷偷埋怨起來。

「坐下來看好，你等會兒就會知道！」亨利說。

亨利馬上投入只有他自己才知道的工作內容。他拿了一枝筆、一把尺和一大疊紙，就地坐在一塊扁扁的石頭上。他把紙張隨手放在周遭，沒幾分鐘，滿地便都是他塗鴉過的紙了。我不知道他還要這樣弄多久，我只知道我替他提燈籠的右手瘦得快斷了。

另一方面，這景象卻又令我深深感動；亨利解決問題時的專心表情，總是能感染其他人。有時候你看到他在一堆丟棄的廢紙中，找尋也許是一百個步驟以前的計算，你真的會以為他被難倒了；但每一次到了最後，他總是能找到正確的答案。

終於，埋首於滿地紙張中的亨利抬起他的頭。他平靜地說，他推測出飛行員的位置了。

亨利判斷的地點，是在鎮上西邊十公里外的山上，那個區域是一片廢棄的舊採石場。我們當場開會，決定要馬上翻山越嶺過去。想想看，如果那個飛行員真的還活著，要怎樣在那種鳥不生蛋的地方捱過整夜呢？我們當然一刻也不願耽擱。

出發之前，亨利叫丁奇爬上一棵大杉樹，在樹頂掛一盞閃爍的燈；這樣我們一路走遠，還可以拿它做參考點，隨時檢查方位。費迪則被命令留在布瑞克山上，他負責守著無線電通訊設備，協助我們和留守俱樂部的荷馬保持聯繫。我們隨身的通訊器材只有簡易的對講機，然後一行人便再揹上睡袋、急救箱、備用食物和部分簡單器材，立刻往舊採石場出發。

我們一路衝下山，夜色雖然暗，但是星光下懸崖的峭壁反而成為我們判斷方向的大標地。不過進入林子後，就不再看得到峭壁了。要在四面都是樹的林子中摸索出方向，實在不大容易；還好傑夫和亨利早有了對策。

「最重要的事，」傑夫說：「就是隨時都要確認自己的方位。核對羅盤時，一定要盡可能找一個越遠的參考點越好。就好像要在紙上畫一條線，尺越長就越好畫。若是拿一根只有五公分的尺，想要畫條漂亮的線當然就很難。」

「可是天這麼黑，什麼參考點也看不到，又該怎麼辦？」丁奇問。

「這你馬上就會知道。」傑夫回答他說：「我們現在就要進到真正黝黑陰暗的樹林裡了！」

他的話一點也沒錯，我們已經步入伸手不見五指的林子，更別說看到彼此了。還好傑夫立刻示範他稱為「青蛙跳」的妙計，他先叫莫泰蒙拿手電筒走到前面，等他大概超前我們兩、三百公尺，傑夫再對著他大吼「左邊一點」、「右邊一點」；當他的燈光正好落在我們要前進的方位時，我們全部人再一起走到莫泰蒙那裡去。然後傑夫再叫莫泰蒙前行，重複之前的步驟，我們就這樣停停走走地掌握著方位前進。

雖然是在黑暗中行走，我們還是三不五時回頭望望布瑞克山，確定我們已經走了多遠。有時能看得到，有時可不一定；那我們就會呼叫留在那裡的費迪，拜託他打開無線電發報器，這樣我們就可以從我們的方位接收器上接收到訊號。

我們很快地來到草莓湖流出的小溪旁。我們的目的地在溪的另一邊，可是大家全拿著禁不起泡水的器材，根本不可能游泳到對岸。傑夫又在此時發揮他的機智與勇敢。他找到一塊較陡的湖岸，把一條粗繩綁在大樹的主幹上，繩子一頭則垂向水邊。他叫大家把手電筒都往對岸打，然後他在腰際纏上一條曬衣繩，就爬上樹；他抓穩了粗繩，像泰山一樣晃到小溪另一邊去！他著陸時差一點就碰到水，整個人摔到一灘爛泥巴裡，還好沒受什麼傷。他馬上爬起來，把粗繩另一頭也綁到大樹上；連同他身上的曬衣繩，我們就有一條橫跨溪水的堅固纜繩，和一條細細、好拉的調整繩了。

還在溪這一邊的我們，立刻套了一個繩圈到粗繩上，接著將所有器材一一吊在繩圈上。然後，我們利用曬衣繩來拉動繩圈，東西便輕輕鬆鬆地被運送到對岸去。

運完了東西，當然也該輪到我們自己渡溪了。我們把曬衣繩綁在皮帶上作確保，又把繩圈套在腋下，這樣萬一手鬆掉也不怕掉入水裡。然後我們便一個接著一個，握著粗繩滑到對岸去。我們都輕易地過了關，唯一出狀況的就是丁奇，他太過瘦小，所以手一鬆便從繩套滑了出來，整個人撲通掉到水裡。還好

皮帶綁的曬衣繩還在，我們就靠曬衣繩把他拉了上來。丁奇全身濕答答又沾滿泥巴，他說他好想回家，可是傑夫不准。傑夫叫他換下身上的濕衣服，裹一條毯子在身上，然後催促他前行。

「全身都濕掉時，只要繼續行動，身體就會發散足夠的熱度。這才是保暖的最佳方法！」傑夫說：「所以，我們趕快走吧。」

「可是這舊毯子弄得我好癢！」丁奇邊說邊倒抽鼻涕。

「癢你就抓呀！」莫泰蒙說。

莫泰蒙就是這樣，總能說出一些沒頭沒腦、卻讓人發笑的話，害丁奇也只能咬牙切齒地跟著大家走了。他的腳步很怪，因為毯子長到他的腳跟，他得要步步小心才不會被絆倒。

我們好不容易又爬上一個小山頭，已經是午夜了。這裡是亨利判斷飛行員可能墜落的地區，我們停下來歇一會兒，順便回頭看看布瑞克山。四周萬籟俱寂，只有丁奇牙齒打顫的聲音。

我們找了一片小空地，把所有裝備都先卸在那裡，然後就地開個會，討論接下來要怎麼做。傑夫主張在這裡生一堆火，這樣出外搜查回來時，就能憑著火光找回這裡來；而火堆也可以順便烤乾丁奇的衣服，讓他下山時身上有東西穿。他認為，只要在火堆四周用石頭圍好一道防火牆，火花飛不出去，應該就很安全了。

我們才剛把火生起來，就聽到很像是狼嚎的怪聲，聲音從山頭靠西邊的那一側傳來。我們面面相覷，山野中又傳來一個發狂的吼叫，緊接著出現似乎是野狗打架的聲響。丁奇聽得頭髮都豎了起來。

莫泰蒙第一個跳了出來。

「我猜飛行員就在附近！」他大叫：「那些狼一定在欺負他。我們快走！」

「等等，」傑夫說：「我知道聽起來很像，但如果那些動物真的是狼，我們自己也必須小心！我們又沒帶獵槍。」

「我們可以用燈嚇牠們！」亨利也說話了：「走吧，真的沒有多少時間可以浪費了。」

「等等！」傑夫擋了一下亨利，他說：「那裡是一個廢棄的採石場，我們對它的了解太少，我們先討論一下再行動！」

我們商量幾分鐘，決定要師法登山隊的做法，用長長的繩子將人兩兩綁在一起，而且大家要隨時提高警覺。丁奇留下來顧火堆，順便注意費迪是否有用無線電和我們連絡。然後，大家就朝著怪聲的方向出發了。

「等一下到採石場時，不要走到太邊邊的地方。」傑夫警告剩下來的人：「隨便一個石頭鬆動，都有可能讓你直直掉到礦坑底或山腳下去。待會我和亨利靠採石場左邊走，你們兩個往右邊去。如果有任何發現，或是找到通往礦坑底部的路，一定要用對講機呼叫我們！」

我和莫泰蒙兩個拴在一起，低頭從矮樹叢下面爬過。我們每隔一會兒就聽到狼嚎般的聲音，還有怒氣騰騰的怪叫；感覺上好像離那些動物越來越近，可是又不能十分確定。

「我從來沒聽說這附近有狼，」莫泰蒙說：「我打賭那些都是狗的叫聲。」不過，他的語氣卻不怎麼肯定。

「你既然這麼想，為什麼不跑到前面去看看？」我問。

「別吵！」莫泰蒙故意壓低聲音回我：「牠們搞不好發現我們已經接近了。」

我這時才注意到，他的身體真的在發抖，這是我第一次看到莫泰蒙這麼緊張的樣子。

他說的沒錯，我的確也沒聽說過長毛象瀑布鎮附近有狼，但這並不代表狼就不會出現。鎮上的長輩總愛說，很久、很久以前，只要寒冬太長，春天遲來，狼群就會在山頭出現。

就在這時，又一聲嚎叫響起，而且似乎是從我們腳下的地方發出來的。我們撥開樹叢，發現自己就站在一個礦坑邊邊。此時亨利和傑夫在礦坑的另一頭，也用手電筒照著這個洞。我們想看清楚這個大凹坑，可惜實在太暗，只能大概判斷它有二十幾公尺深，底部長了些小灌木。剛剛那些發狂的聲音，似乎就是從我們右邊的坑口冒出來的。

我正想再多看坑口幾眼，對講機裡傳來亨利的聲音：「我還有一顆照明彈，我要把它丟到這個洞裡去！」他說：「你們要仔仔細細把裡面看清楚。傑夫說，他似乎看到靠我們左邊的地方有東西在動！如果是狼，那照明彈也可以嚇跑牠們。」

我緊跟著就聽到蓋子啪地一聲彈開，一個小紅光點在我們正前方劃破黑暗，直接跳進礦坑裡。然後它炸開變成一個超亮的紅色火球，把坑道四壁照得充滿詭異光影。現在礦坑裡的情形容易看多了，在西邊，坑道完全被堵住，落下去的雨水在那形成一大灘死水；而另一邊，則有兩雙細小但明亮的眼睛，在紅光中像鑽石般閃閃發亮。

我們只聽到一聲狂吠，兩雙眼睛頓時消失無蹤。我們隱約看到牠們的白色尾巴，消失在坑底的灌木叢裡。

「你們看！你們看！」莫泰蒙大叫。

他指向我們的對面，也就是亨利和傑夫站的那一邊。我朝那裡望過去，果真見到坑壁的矮松樹上纏繞著一些破掉的帆布和扭曲的繩索，那不正是一個降落傘嗎？我再仔細一看，坑底石頭邊似乎有個黑影。

「是那個飛行員！」我們一起叫了出來：「他真的在裡面！」

接下來的十五分鐘彷彿只是一眨眼的功夫，我根本記不得自己如何在那麼短的時間裡完成一堆事。總之，重點就是傑夫叫我們兩個趕快回去找丁奇，然後帶著所有能利用的繩子盡快回來。

等我們拼了命地衝回礦坑邊時，亨利和傑夫已經利用本來掛在樹上的破布和纜繩，編了一條也算是繩子的東西出來。再加上我們辛苦搬過來的繩子，長度大約就足以到達坑底了。瘦小的丁奇之所以被叫過來，當然是因為要派他下到坑底探個究竟。我們把長繩的一頭，穿過丁奇胯下再繞回肩膀，希望這次他不會再鬆脫出去；又用兩根樹枝纏著繩子，做了張簡易吊椅，準備把他垂下去。傑夫隨地撿了幾片樹皮，作成平滑的溝槽，好讓繩子容易移動一點；然後丁奇便帶著整箱急救用具，被我們慢慢放到礦坑的底部。

我們可以聽見丁奇在石頭上爬來爬去的聲音，他突然對上面大叫：「對，就是他！是那個飛行員！」

「他現在怎麼樣？還活著嗎？」

「我不知道！」丁奇回答：「這下面的狀況有點恐怖！」

我們決定拉回繩子，把傑夫也放下去幫忙。然後剩下的人回去火堆那裡，把所有的器材都帶過來。我們弄熄了火，趕快又回到礦坑邊。

「喂！是你們回來了嗎？飛行員還活著！」傑夫大叫：「可是他現在的狀況很差，完全沒有意識！我怕他有骨折，也不敢動他。我們幾個人想靠自己的力量把他拉出去，實在有點愚蠢！」

我們商量一下，決定要將所有器材都運到裡面去，而且只留莫泰蒙一個人在上面，由他負責和費迪保持聯絡。當亨利和我在整理繩索和吊椅時，莫泰蒙透過對講機呼叫費迪，不過對講機裡傳出來的，卻是一個女人的聲音。

「請問要去哪哩？」她問。

「費迪在哪裡？」莫泰蒙反問。

「費迪？你在說什麼？你是誰？」

「你又是誰？」

「這裡是亞加計程車！你到底要幹什麼？」

「這位小姐，請你切掉你的對講機，我有緊急狀況！」

「你才該切掉！我這個頻道是經過申請的！」

「別用對講機了！」亨利忍不住對莫泰蒙大喊：「轉開那台火腿族無線電發射器，調到一四五點二兆赫，那是真正的緊急用頻率。你直接聯絡鎮公所，告訴他們我們在哪哩！」

「我希望斯桂格鎮長還醒著，」丁奇從下面插嘴：「他要是知道飛行員是我們找到的，保證氣死了！」

「我猜那一堆人一定還在鎮上急得抓狂！」莫泰蒙笑呵呵地說。

「不要聊天了！快做正事！」傑夫大吼：「上面的，趕快把裝備弄下來！」

接下來一個半鐘頭，我們忙得焦頭爛額。亨利和傑夫去照料飛行員，我和丁奇負責在坑底找地方紮營。收音機裡，則不斷傳出鎮上搜救中心發出的訊息。

傑夫和亨利先稍微替飛行員做個檢查，發現他的腳的確有骨折，趕緊用掉落的樹枝和我的一件外衣，做了個簡易夾板。我因為忙著紮營，全身流滿汗，根本不需要穿那件外衣。他們移開飛行員身邊的石頭，好讓他能平躺下來，再把骨折的地方用夾板固定好，然後幫他蓋上毯子。飛行員呼吸雖然還算正常，但一直昏迷不醒。傑夫又叫我在礦坑裡找三個稍微分散的地點，分別生起火堆，他說這樣要是馬其上校派飛機出來找我們，就很容易定出這裡的位置了。

「傑夫，我想還有更好的方法。」亨利說：「我還多帶了一個氣象氣球、一捆數百公尺長的尼龍繩。我們可以綁一個手電筒在球下，再升起這顆氣球；那我想遠從鎮上都可以看到我們的記號了。」

亨利的背包簡直跟他的頭腦一樣，永遠無法預測裡面會迸出什麼東西來！我們才將氣球升空，便收到搜救中心的訊息。他們打算黎明前就派一架直昇機過來，因此問我們這附近是否有直昇機可以降落的地方。傑夫回覆他們，我們可以在坑底清出一片地方，讓直昇機直接降落在最下面；等我們一弄好，就會馬上通知他們。

沒過多久，一架小飛機便出現在我們上空。它飛得很低，幾乎要擦過旁邊的樹梢，我們可真害怕它引起的震動會讓脆弱的岩壁塌陷下來。它盤旋幾圈後，突然拉起高度，而且從飛機側邊掉出一個東西來。結果那東西是一個小小的降落傘，不巧就往坑底另一邊的水窪偏過去。

「快點，」傑夫著急地說：「快拿手電筒來！」

降落傘擦過坑底的灌木，落進那灘死水裡。我用手電筒照過去，正好看到降落傘碰到水面，我毫不遲疑地跳進水裡，傑夫已經早我一步跳下去了。這灘水並不淺，我們得用游的才能移動，好險還來得及在降落傘沉下去前抓住它。飛機送過來一個包裹，我們游上岸打開看，裡面裝了四顆照明彈、一些醫療用品和一封信。信上說明搜救中心目前的計畫：如果他們能在天亮前調到直昇機過來，機長會在這一帶繞行一下，用一顆降落傘照明彈把整區照亮；然後希望我們用他們送的四顆照明彈──兩紅兩黃，把可以降落的地方標明出來。

經過這麼一弄，傑夫和我全身都濕了；不過我們接下來又做了一堆苦力，衣服倒也很快就乾了。我們在三堆火中間，除掉一些灌木，清出一片直徑大約十五公尺的空地。等我們整理得差不多時，已經是凌晨四點了！莫泰蒙通知我們，軍方剛剛派出一架 H13 型直昇機和一個醫生，大家真是鬆了一口氣！我們感覺得出飛行員現在的狀況已經不能再耽誤下去，能有醫生來實在是再好不過了。

直昇機螺旋翼不停轉動的噪音，很快就傳到這裡來。我們一看到它投下的光線，馬上衝到好不容易清出的空地四周，引爆那四顆照明彈。坑底霎時冒出四道巨大的紅黃雲煙，在我們的營火和直昇機從上的照耀下，竟也形成一幅十分美麗的畫面！我們看得到直昇機的駕駛和隨行醫生，他們也在注視我們。旋轉機翼引起的狂風，吹得我們身上的衣服啪啪作響，也將照明彈的煙颸得轉來轉去。當直昇機降落時，整個礦坑底部也都在震動。我們全背對著直昇機跑開，各自找掩蔽物躲起來，要不然一定會被漫天飛舞的石塊、樹枝打個正著！醫生和直昇機駕駛立刻跑出來，直接衝到失事飛行員的身旁。那個醫生顯然是個空軍少校，只花了一分鐘便完成飛行員的全身檢查。

「一開始的急救做得非常好，」他平靜地說：「你們大概救了他一條命。去機上拿一個擔架過來。」

相對於我們的興奮，這少校說起話來，一副什麼都理所當然的語氣反而很奇怪。他真是不慌不忙，按部就班處理每個問題，好像救飛行員出去不是什麼緊急的事情。

看著醫生一步一步的包紮，我們覺得時間似乎過了很久，但其實才過十五分鐘而已。我們從直昇機拿來擔架，失事飛行員在毯子外又被裹了一層塑膠防護套，才被移到擔架上，送入了直昇機。

直昇機駕駛仔細檢視機上所有儀表，並且向西港空軍基地詢問方向和氣溫。然後他看一看礦坑四周；黎明將至，地上已經有了淡淡的光暈。他摸著下巴，露出一臉思索的模樣，又和醫生討論了一下，然後兩個人一起朝我們走過來。

「孩子，你有多重？」駕駛對著丁奇問。

「報告長官，我有三十公斤！」丁奇說。他撒了點小謊，他應該只有二十九公斤而已。所以他又心虛地補充：「我穿了一雙很重的靴子！」

「我希望利用空氣的浮力順利上升，可是醫生太重了，他坐在擔架的一邊，飛機就不易平衡。」直昇機駕駛說：「我需要差不多像你這樣的體重，來幫我平衡負重。你想不想搭一段直昇機呀？」

丁奇打了一個嗝，好像快吐的樣子，臉也發白了。他也許只是太累吧。

「我，我，好吧，我搭一下直昇機吧！」我們在一旁鼓譟，丁奇只好吞吞吐吐地答應。

我們迫不及待地把他綁到另一個擔架上，連塑膠護套都幫他戴好，可憐的他還在發抖呢。他八成是會冷吧，哈哈！

「幫我綁牢一點。」他面帶愁容地說。

這時直昇機的無線電又響起，原來是馬其上校在呼叫駕駛。他告訴駕駛，叫我們幾個一定要留在礦坑裡，天亮後搜救中心會派出一架 H21 型的大直昇機，把我們和我們的器材裝備一起載回鎮上。這消息讓我們太高興了，連已經被捆在機上的丁奇都伸手朝我們比出勝利的手勢。

直昇機駕駛終於發動引擎，我們全靠到礦坑壁，打亮手電筒，幫助駕駛判斷位置。他先盡可能把直昇機後退，再拉起機身前傾一點，接著便飛出了坑口，安全地躲過附近樹木可能帶來的干擾。

直昇機走後，我們把莫泰蒙和無線電設備通通弄下來。精采的戲碼都已演

完，我們現在全變成累壞了的狗，趴在地上忍不住就睡著了。

我感覺還睡不到一會兒，巨大的 H21 型直昇機便伴隨著超級可怕的噪音出現，把我們全部都吵醒。它一落地，馬其上校便從裡面走出來。他和我們一一握手，告訴我們失事飛行員已經被送到西港空軍基地的醫院，那裡的醫生再一次確定他可以安然渡過這個危機。

而這架直昇機，則把我們直接載回鎮公所後面的廣場。這裡是搜救中心的補給處，他們搭了帳篷，供應各式食物和飲料。費迪已經在那裡吃燒餅和火腿了，原來另有一架直昇機去布瑞克山，載運他和我們另一半的器材下來。最早下來的丁奇，居然躺在一張軍床上吸果汁，前面有一個護士幫他拿眼鏡，後面有一個護士處理他腳上的水泡，真是不簡單！

至於我們，則受到了英雄式的歡迎。我們步出直昇機時，斯桂格鎮長和幾位鎮議員已經在那裡等我們了；西港空軍基地許多官兵也在現場，給予我們拍手鼓勵。記者們上前拍照，還告訴我們明天西港基地要辦一個嘉勉我們的大遊行。

斯桂格鎮長當場發表起演講，莫泰蒙卻從頭到尾都在打噴嚏；他絕對不是故意的，只是雙腳都濕了才會那樣。光聽鎮長的演講，任何人都會以為派我們出去是他的主意，我們倒不太在意他這麼說；想想看，他要在這麼短的時間內回家換套體面的衣服，還要把好幾個鎮議員挖起床來歡迎我們，是相當不容易的事。他這樣對待我們，我們還有點受寵若驚呢！

此外，馬其上校也告訴我們，他已經建議空軍總部頒獎章給所有瘋狂科學俱樂部的成員，來表揚我們的智慧與勇敢。他的話讓我們感到十分驕傲。上校還建議我們，日後可以考慮就讀空軍官校，因為空軍正需要許多像科學家這樣的人才。

我們在補給帳篷裡享用了熱騰騰的早餐，然後軍方準備用迎賓大車把我們一個個載回家。斯桂格鎮長再次過來，和我們一一握手。他說：「孩子們，還需要鎮上幫你們準備些什麼嗎？」

費迪想都不想地說：「再來一些炒蛋吧！」

國家圖書館出版品預行編目（CIP）資料

草莓湖水怪 / 柏全德・布林立（Bertrand R. Brinley）文；
查爾斯・吉爾（Charles Geer）圖；蔡青恩譯 . -- 三版 .
-- 臺北市：遠流出版事業股份有限公司，2023.09
面；　公分 . --（瘋狂科學俱樂部：1）
譯自：The mad scientists' club
ISBN 978-626-361-212-9（平裝）

874.59　　112012658

瘋狂科學俱樂部 ❶
草莓湖水怪

文 —— 柏全德・布林立（Bertrand R. Brinley）
圖 —— 查爾斯・吉爾（Charles Geer）
譯 —— 蔡青恩

執行編輯 —— 鄧子菁、吳梅瑛、陳懿文
封面繪圖 —— 唐唐
封面設計 —— 謝佳穎
行銷企劃 —— 舒意雯
出版一部總編輯暨總監 —— 王明雪

發行人 —— 王榮文
出版發行 —— 遠流出版事業股份有限公司
地址 —— 臺北市 104005 中山北路一段 11 號 13 樓
電話 —— (02) 2571-0297　傳真 —— (02) 2571-0197　郵撥 —— 0189456-1
著作權顧問 —— 蕭雄淋律師
□ 2004 年 9 月 1 日 初版一刷　□ 2023 年 9 月 1 日三版一刷

定價 —— 新台幣 350 元（缺頁或破損的書，請寄回更換）

ISBN 978-626-361-212-9
遠流博識網 http://www.ylib.com E-mail: ylib@ylib.com
遠流粉絲團 https://www.facebook.com/ylibfans

THE MAD SCIENTISTS' CLUB
By Bertrand Brinley, illustrated by Charles Geer.

The following three stories have appeared earlier in Boy's Life: "The Unidentified Flying Man of Mammoth Falls," "The Strange Sea Monster of Strawberry Lake," and "Night Rescue."